JN124424

責任を取らなくていいので
溺愛しないでください

序章　一夜のあやまち

閉ざされていた赤い目をゆっくりと開けると、見知らぬ男性の顔が視界に飛び込んできた。

（どこかで見た顔……）

ぼんやりとした頭で彼のことを思い出す。

（あ、そうか……）

そこにいた男は、働いている酒場に定期的に訪れている客だ。

金色の襟足の長い髪が印象的である。

だが、名前は知らない。そんな関係の相手。

視線だけを動かし、場所と時間を確認する。

恐らく、まだ夜。むしろ深夜だろう。

部屋はシンと静まり返り、なんの音も聞こえない。

部屋の天窓から見える外は、暗い。星が一つだけ輝いている。

そろりと動くと、足の間からどろりとした温かいものが流れ出た。少しだけ、下腹部がずきずきとする。

（こ、これは……。やっちゃったってことよね……）

ベッドの上で身じろぐと、男の空色の目がパチリと開いた。

「ん？　起きたのか？」

（どうしよう。この人に気づかれる前に帰ろうと思ったのに）

焦っている気持ちを相手に悟られてはならない。心の中を見透かされてはならない。それはいつも彼女が心がけていること。

「起こしてしまいましたか？」

淑女を装い、笑顔で答えてみた。

「君の可愛らしい寝顔を見ていただけだ」

彼はそう口にするが、間違いなくその目は閉じていた。

もしかして、薄く目を開けていたのだろうか。

彼女はそういった甘い言葉には慣れていない。

そもそも男性と二人きりで夜を過ごすことなど、今までなかった。

（っていうか、私。なんでこの人といるの？）

彼女自身もそれがわからなかった。そして、なぜ行為に及んだのかさえも思い出せない。

（初めてだったのに……）

その行為すら、初めての経験だった。だから彼を受け入れた部分が、まだ痛む。

「どうかしたのか？」

彼女にとって見知らぬ男性――ではなく、微妙になんとなく知っている男性が声をかけてきた。

彼はなかなか整った顔立ちをしており、爽やかさよりも野性味溢(あふ)れる男である。

流行(はや)りの言葉にのせるのであれば、ワイルドイケメンだろう。

（微妙に好みなのよね。私の周囲にはいないタイプだし。って、ただでさえ流されているのに、これ以上流されてどうするの）

心の中で強く自分に言い聞かせる。

「お風呂に入ろうかな、と思いまして……」

彼女は、恥じらいながら答えた。身体が少し汗ばんでいる。特に太腿(ふともも)と下腹部辺りは、さまざまな体液で汚れている感じがした。

その言葉を耳にした彼は微(かす)かに笑って起き上がり、彼女を抱き上げた。

「え、あ、あの……」

横抱きにされた彼女は、戸惑うことしかできない。いつの間にか解かれた黒色の髪は、ふわりと波打っている。

「先ほどは、無理をさせたか？」

彼にも彼女を気遣おうとする気持ちはあるらしい。

「あ、えと。まあ、はい」

返事に困った。だが、そうやって狼狽えていると、額に唇を落とされる。

彼は優しく微笑みながら、彼女を抱いて移動する。

そんな中、彼女は悟った。

(ああ、やっぱり……。ここはそういうところなのね)

そういうところとは、男女の営みをする宿泊所だ。

彼女としては、とにかくここから逃げるタイミングを見つけたかった。このまま朝までここでというのは勘弁願いたいし、仕事にも支障が出ると思ったからだ。

(あ、でも明日は遅番だった。って、朝帰りしたら、あいつらからなんて言われるかわかったもんじゃないし……)

心配の種は仕事ではなく、むしろあいつらなのだ。

彼に抱かれたまま、浴室へと連れていかれる。

元々二人とも服など着ていない。彼がうしろから彼女を抱きかかえるようにして湯の張ってある浴槽に一緒に入った。

営みをする宿泊所なだけあり、どうやら風呂はいつでも入れるらしい。

彼女の首元に彼の吐息が触れる。

うしろから伸びてきている彼の手は、彼女のお腹の上で重なっている。その手は次第に腹部を撫で上げてから脇腹にも触れ、さらに胸元と上がっていき二つの膨らみを弄び始めた。

「もう、やめてください……」

いつもならば、肘鉄砲を食らわせるところなのだが、この微妙に見知った男性にそんなことはできない。むしろ、ここにいる自分はいつもの自分ではない。

今は、ただの酒場の女性店員なのだ。

チュッチュッと音を立てながら、彼は肩から背中にかけて赤い印をつけていく。それは彼女が自分のものだと示すような行為にすら見えた。

その間、両手は膨らみを揉みしだき、さらに先端を指でつまむ。

お尻にはなにか硬いものが当たる。これがなにか、彼女は知っている。

「こちらを向いて。キスをしたい」

（なにを言っているんだろう。だからといって、ただやりたいだけ、のようにも思えないし……）

そう思いつつも、彼から求められる喜びが心の底にあるのも事実だった。

ただそれを認めたくないだけ。なにしろ、相手は名前も知らない微妙に見知った男性なのだから。

ふわりと脇の下に両手を入れられ、お湯による浮力もあって、くるりと軽々向きを変えられた。

彼と向かい合う。

（これは、不可抗力よ。そう、不可抗力）

男が彼女の唇に食らいつく。下の硬いものは、確実にそこを狙っている。彼が与える心地よさに身を任せながらも、頭の中ではどこか冷静な自分もいた。

（もう、逃げようがないじゃない）

退路は断たれた。

「はぁ、シェイン。君は可愛い」

可愛いと言われることも慣れていない。だから、ものすごく恥ずかしい。

さらに彼女の頭は、彼からもたらされる快感によって蕩け始める。

（シェインって誰？　あ、私の偽名……）

自分の名前すら忘れるほど、彼の行為は気持ちがいい。

「……あん、……ふ」

あまりにも的確に攻められてしまったためか、甘い声が漏れてしまう。

両脇に差し込まれた彼の手が身体をふわりと浮かせ、下は彼女を狙って侵入してきた。

「あっ」

「もう、とろとろだ。すぐに奥まで入る……」

気づいた時には、すでに男が体内に入ってきた後だった。

蠱惑的な笑みを浮かべた彼は、彼女の身体を上下に揺すり始める。お湯はパシャパシャと波打ち、
揺れる乳房が水面を叩きつける。

「はぁ。君の中は気持ちがいい。うねって、俺に絡みつく」

「あんっ……。ん……」

ふたたび男が唇を貪り始めた。さらに彼の唇は徐々に首元、鎖骨へと下がり、最終的には胸を狙う。すでに屹ち上がっている先端を口の中へと含み、舌で弄ぶ。

（ダメ……）

何度も押し寄せてくる快感に、彼女の頭はぼんやりと白くなっていく。

「もっと俺を感じて」

仄白く霞む頭では、その言葉に従おうとさえ思えてくる。

（彼を、感じる……）

受け入れている場所がきゅんと疼く。

言われなくても感じている。流されているのか、自分の意思なのか。それすらもわからない。

拒みたいのに拒めない。なぜか彼を受け入れてしまうし、彼から求められることすら嬉しいと感じる。

「そんなに俺を締め付けて。悪い子だな」

彼がパクリと乳輪に噛みついた。

「あ、あぁ……」

彼女はぎゅっと彼を締め上げる。

それが彼の引き金を引いた。

「くっ、俺も、出る……っ」

熱い飛沫がお腹の中に放たれ、じんわりと体内が満たされていく。

動きはやんだ。

ドクドクと伝わる互いの鼓動。

浴槽の湯はゆっくりとパシャパシャと波打ち、黒色の髪が水面に広がっていた。

先ほどの激しさが嘘であったかのように静寂が訪れる。

くたりとその頭を彼の胸に預けることしかできずにいると、耳元にふっと息を吹きかけられた。

ちょっとくすぐったくて、頭を軽く振る。

「すまない……。また、中に出してしまった」

彼の低い声の囁きに、ざわりと粟立つ。

わざわざ言葉で確認をしなくても、なにを出されたのかはすぐに理解できた。

「責任は取るから」

その言葉に驚いて、胸から頭を離し彼を見上げた。目が合う。

優しく微笑んでいる彼。名前も知らない彼。

（やばい、やばい、やばい、やばい……）

彼女の心臓はカンカンカンと早鐘を打っていた。彼にドキドキしているのは、心ときめくドキドキではなく、とにかく『やばい』ほうのドキドキである。

急に夢から覚めてしまったような気分でもある。

（とにかく、逃げないと。責任を取られても困る）

その気持ちを彼には知られないようにと、無理やり笑顔を作った。

「あまり長湯をしていると、のぼせてしまうな」

彼は柔らかな笑みを向けてくる。

（のぼせ上がっているのは、あなた様のほうですよ）

そう思っているものの、頭も心もすっかりと蕩けてしまった彼女は、それを口にすることすらできない。

浮力を感じなくなったのは、彼に抱き上げられたからだ。

浴槽から出て、タイル敷の床の上に立った。

足の間からは、なにやらいろいろと流れ出てきた。髪の毛の先のほうからも、ポタポタと雫が垂れている。

（あぁ……、こんなに出てる……。もう、消えたい）

羞恥のあまり、この世界から消え去りたくなった。

先に浴室から出た彼が、タオルを手渡してきた。

「あ……、ありがとう、ございます」

タオルが冷たいと感じるのは、顔や身体が火照っているからだろう。やはり、のぼせてしまったようだ。

ひんやりとしたタオルで身体中のさまざまな水分を拭きあげていく。彼女を濡らしているものがなんなのか、もはやわからない。

辺りを見回しても、着替えのようなものはなにもない。

仕方なく、バスタオルを巻きつけてベッドのある部屋へと向かった。

そこにはすでに彼がいて、片手にグラスを持っている。

「喉、渇いてないか？」

グラスの中に入っているのは透明な液体であり、表面にはビッチリと水滴がついていた。

「あ、はい」

彼は液体の入ったグラスを一気に口の中へと含めると、そのまま彼女へと口づける。

(普通に飲ませてほしいんだけど)

そんな彼女の心の声は彼に届くわけはない。そして、それを受け入れた彼女は、口移しされたままゴクリと飲んでしまった。

「はぁ」

思わずため息が零れ落ちてしまう。

「感じたのか？」

愉悦に満ちた表情で見下ろしている彼は、彼女の吐息が色っぽいと思ったようだ。

（違うから）

心の中ではいくらでも反論できるのに、それが言葉になることはなかった。

「すみません。少し、休ませてください」

その本音だけは、言葉になった。

「お水をもう一杯、いただけないでしょうか」

彼はくすっと笑いながら、冷たい水の入ったグラスを手渡す。

それを受け取り、大きく息を吐いた。

「無理をさせたか」

上から見下ろしてくる彼は、彼女よりも頭一つ大きい。恐らく、彼の身長は百八十センチを超えているだろう。彼女だって、身長は百六十センチを超えているため、女性の中では小さいほうではないのだ。

「はい」

今度は真面目に答えた。

「君は、正直者だな」

そこでまた彼はくすりと笑った。

「寝るか？」

彼は笑いながら尋ねてくる。この場合の『寝る』は、どのような意味を含めているのか。

「えっと……」

答えに詰まっていると、彼はまた優しい笑みを浮かべる。

「本当は朝まで君を抱きつぶしたいところだが、俺も、明日は朝から予定があるからな。この場合の『寝る』は、普通に寝るだ。だけど、できることなら、君を抱きしめて眠りたい」

チャンスかもしれない。そう、ここから逃げ出すチャンスだ。

(本当に朝まで一緒にって、勘弁願いたい。朝帰りだけは、絶対にまずいんだって)

「はい」

彼女は恥じいるような声で返事をしてみたが、今だってかなり恥ずかしい格好をしている。

「あの、下着をつけてもいいですか?」

なぜか彼に許可を求めてしまった。

「ああ。むしろ、そうしてくれないと、俺も我慢ができなさそうだ」

(なんのだよ)

心の中ではそう言えるが、やはりその言葉が口から出てくることはない。上目遣いで彼を睨むことしかできなかった。

その辺に投げ捨てられていた下着を拾うと、急いで身に着けた。

それから、少し離れた場所にあるワンピースも手にすると、綺麗に折りたたんでソファの上に置いた。この時、ワンピースのポケットから白い錠剤を手にすることを忘れない。彼に背を向け、それは下着をつけた胸元に隠す。

彼はすでにベッドで横になっていて、ぽんぽんとシーツの上を叩いている。恐らく『そこに寝ろ』という合図だろう。

「失礼します」

彼女が律儀に挨拶をすると、彼はまた柔らかく微笑んだ。

間違いなく彼は好意を抱いてくれている。

彼女も彼が嫌いではない。彼を受け入れてしまったのがなによりの証拠だ。

彼の胸元に入り込むと、背中に優しく手を添えられた。

「今日は、いい夢が見られそうだ」

目を細め、彼女を見つめる。

「私もです」

彼女もニコリと笑って答えた。だがすでに彼女にとっての悪夢は始まっている。

「あの。すみません、お名前をお聞きしておりませんでした」

男の名を呼ぼうとしたが、彼の名は知らない。

名前も知らないのに、よくここまで流されてしまったと思う。

「レイだ。君にはそう呼んでほしい」

「レイ様。お休みの口づけを」

そのおねだりに気をよくしたらしい。レイは口角をあげてから、深く口づける。

その隙に、先ほどの白い錠剤を口移しで彼に飲ませる。

「シェイン……。君、今、なにを飲ませた？」

彼は喉元を駆け抜けていく違和感に気がついたのだろう。

「安心してください。悪いものではありませんから。いい夢が見られるお薬です」

白い錠剤はただの睡眠薬だ。

「シェイン……？」

「おやすみなさい、レイ様。いい夢を」

レイの瞼（まぶた）がすっかりと閉じられる様子を見送った彼女は、足早にその部屋から逃げ出した。

第一章　名前も知らない男

（やばい、やばい、やばい——）

黒色の髪をなびかせて、彼女は走っていた。

シェインという名は偽名である。彼女の本名はシャンテル・ハウスラー。こう見えても騎士団に所属する女性騎士であり、学生時代は成績優等生であった。

大陸の中央に位置するハヌーブ国。

国民たちは魔導具と呼ばれる魔力を用いた道具によって、不自由のない生活を送っていた。

だがここ数年、東の隣国であるザウボ国とは冷戦状態であり、国内では緊迫した空気が張り詰めていた。そこに派遣された騎士団が、一夜にしてザウボ軍を制圧してしまったというのは、有名な話である。

このハヌーブ国には二つの騎士団がある。一つは王族や要人警護を行う『黄金騎士団』。もう一つは王都や地方の警備を主に担当する『白銀騎士団』。ザウボ軍を制圧したのは、そのうちの白銀騎士団であった。

さらに、騎士団のほかに魔法を扱える者たちで構成される『魔導士団』もある。

黄金騎士団、白銀騎士団、そして魔導士団。ハヌーブ国は、これらによって秩序を守られている国なのだ。

だがシャンテルが所属している騎士団はその二つのどちらでもないし、魔導士団でもなかった。国王陛下直属の組織。闇に紛れて情報を操るのが主な仕事であり、少しだけ手の汚れるような仕事もする『漆黒騎士団』である。

黄金騎士団も白銀騎士団も魔導士団も、漆黒騎士団の存在を知らない。漆黒騎士団とは、それだけ存在を秘密裏にされている組織なのだ。

普段は王族に仕える事務官として仕事をこなしている漆黒騎士団の面々。もちろん、シャンテルもそのうちの一人であり、昨夜は漆黒騎士団としての潜入調査だったはずなのに――

(なんだったんだろう、あの人)

残念なことに、まだお腹の下になにやら違和感がある。

まんまとやられてしまった。だけど、ちょっとだけ好みの顔だったという気持ちもあった。

完全に流されてしまった。間違いなく、あの顔にやられたのだ。

抵抗したけれど、抵抗になっていなかったのだろう。なぜなら、彼女は本気で抵抗したわけではなかったのだ。

やられたのはあの顔だけではなかった。

(シャンテル一生の不覚)

自分でもそう思うような出来事だった。

そんなことを考えながら、シャンテルは裏門から王城内に侵入し、自分の部屋へと足を向けた。

この建物一角が男女の別なく漆黒騎士団に所属する騎士たちの個人部屋になっている。表向きは賓客用の客室棟だ。

だから、ほかの者たちに気づかれないように、音を立てずにこっそりと部屋の扉を開けたつもりだったのだが――

「今、帰り？」

隣の部屋のローガン・シモンスが扉を開けて、ぬーっと顔だけ出してきた。

「あ、うん。おはよう、ロー」

「おはようって、まだ深夜だけど」

「じゃ、おやすみ」

そう言って、シャンテルは誤魔化そうとした。すぐにでも扉を閉めて、彼から逃げたかった。

彼は鋭いのだ。

「そういうことじゃないんだけど。ま、いいや。もう遅いからさっさと寝なよ。起きたら、話、聞かせてもらうから」

ローガンはシャンテルと漆黒騎士団に同期で入団した。だけど、二人の関係はそれだけにとどまらない。

彼の見た目は、爽やか事務官である。さらさらの茶色の髪と柔らかな茶色の瞳。その美貌を武器にし、女性からの情報収集能力に長けている。

一般的な女性は、彼の見た目に大いに騙(だま)される。彼自身、それを自覚していて一種の特技でもあった。

「じゃ、ゆっくり休みなよ」

ふわっと欠伸(あくび)を漏らしたローガンは、パタンと扉を閉めて消えた。

シャンテルはローガンに気づかれないように乾いたため息をついてから、部屋に入った。

「疲れた」

思わずそう声が漏れてしまう。

疲れたというその言葉が、一番状況を説明するのに適している。

もう一度風呂に入りたい気分だったが、夜中だし、隣の部屋はローガンであるため、なにを言われるかわからない。

(もう、寝るしかないね)

シャンテルは、そのままパタリとベッドに倒れ込んだ。

とにかく、すべてを忘れたい。眠って目が覚めた時、この記憶がなくなっていればいいのに。

そう思いながら瞼(まぶた)を閉じれば、すぐに眠りに落ちた。

コンコンコン、コンコンコンコン――

シャンテルは、一定のリズムで扉を叩く音で目が覚めた。

瞼が半分しか開いていない状態で、ベッドからふらふらと立ち上がって扉を開けると、その扉のむこう側にはローガンが立っていた。

「おそよう、シャン。もうお昼だからさ。そろそろ食堂に行かないと、昼飯食いっぱぐれるけど。って、その格好じゃ行けないね」

「ほえ？」

声を発したシャンテルはもちろん寝ぼけている。

「寝起きだから、っていう意味じゃないよ。そのさ、あからさまな営みの痕、見せつけながら食堂に行くわけ？　もう少し首元が隠れるような服にしないとダメだよ。さすがに、そのワンピースはダメダメ」

「へ？」

シャンテルにはローガンの言っている意味がわからない。

「シャン。まだ寝ぼけてるよね。あのさ、昼ご飯はなにかもらってくるからさ。とりあえず熱いシャワーでも浴びなよ」

ローガンに背を押され、シャンテルはまた室内へと逆戻りする羽目になった。

（え、ものすごくお腹が空いているんだけど……。ご飯、ご飯……、食べられないの？）

だが彼は、食事を持ってきてくれるとも言っていた。

ローガンを信じつつも、彼から言われたことが気になった。それを確認するためには浴室へと向かうしかない。

漆黒騎士団が所有する建物の個人部屋には、浴室とトイレがそれぞれ備え付けられている。それは、彼らの任務が特殊だからだ。昼夜問わない任務へ影響が出ないように、またほかの者たちに本当の姿を悟られないようにという配慮からである。

ちなみに、黄金や白銀騎士団たちの宿舎は、風呂トイレが共同である。

「うぎゃ」

シャンテルはつい、醜い声を出してしまった。

ワンピースを脱いで、下着姿になった自分に絶句する。

お腹や胸、そして首元、挙句太腿にまで残されている赤い痕の数々。間違いなく背中もやられているだろう。胸にいたっては、くっきりと歯型までついていた。

忘れたかった記憶。忘れられなかった記憶。

この鏡に映っている状況が、はっきりとそれを鮮明に思い出させてくれる。忘れたかったことをまざまざと思い出すことすら悔しい。

ため息しか出てこない。

ここはローガンに言われたとおり、熱いシャワーでも浴びて、熱いお茶を飲むのが気持ちを切り替える一番の方法なのだろう。

そう思いながらも、なぜかあの男のことが頭に浮かんでくる。同時に、きゅっと下腹部が疼く。

『レイだ。君にはそう呼んでほしい』

レイ……。レイが付く名前。

レイモンド、レイフ、レイトン、アシュレイ、トレイシー、クレイ、レイン……

シャンテルが思い浮かぶレイという愛称の男性の名前はそれくらいだ。

あの見目のよさと身に着けている物から推測するに、恐らく高貴なお方だろう。

そこで心当たりがあるとしたらレイトンである。だが彼は、王立図書館の司書であり、あんなワイルドイケメンではない。さっぱり顔のイケメンだ。

となれば、アシュレイという名の男が白銀騎士団にいたような気がする。ただ地方担当だと記憶している。ほかにも、レイが愛称の男性はいただろうか。

むしろ、そのレイという名前そのものが偽名かもしれない。シャンテルのシェインと同じように。

しかし、あの状況であの男には偽名を名のる余裕もメリットもなかったはず。間違いなくレイは彼の愛称だ。

(こうなったら、国内関係者の名簿を全部確認するしかないかな……)

そういった機密文書を閲覧できるのも、漆黒騎士団の特権である。

シャンテルはきゅっとシャワーを止めて、肌に残った水滴をタオルで吸い取った。水滴は肌の上で玉になっている。

昨日というよりも今日だろう。散々レイに弄ばれた身体。今すぐにでも消したい情事の痕。消えそうにないけれど、だからってこれをこのままにして職場には行けない。これらを隠す服が必要だろう。幸い、職場での制服がそれに該当しそうだ。

下着姿で浴室から出ると、クローゼットの中から黒色の事務官服を取り出した。首元まですっと覆われた襟、そしてロングスカート。襟は一番上までボタンを留めてしまえば、先ほどの痕はすべて隠れる。

髪の色も、今は本来の銀色に戻っている。

コンコンコン、コンコンコンコン――

一定のこのリズムで扉を叩くのは、間違いなくローガンだ。扉を叩く音だけで、彼だとわかる。

「はいはーい」

先ほどとは変わって、シャンテルは陽気な声と共に扉を開けた。そこには昼食を手にしたローガンがいた。だが、彼女は思わず視線を横にずらす。彼の横にもう一人、別の男性が立っていたのだ。

「げ。ガレット団長」

シャンテルはつい、そう声を漏らしてしまった。

ローガンの隣にいたのは、漆黒騎士団の団長を務めるガレット・グーチである。

ローガンは爽やかな男性であるが、このガレットは中性的な男性だ。鈍色の髪は肩につくほどの長さで、こげ茶色の瞳もどこか艶めかしい。彼ほど妖艶という言葉が似合う男性もいないだろう。

だがシャンテルには、彼の色めく瞳が恐ろしく見えた。

「ローガンには嬉しそうな声で答えて、私には『げ』っていうのは失礼じゃないのか？」

恐ろしく見えたのではない。本当に恐ろしいのだ。なぜなら、ガレットは笑っているように見せかけて目は笑っていない。笑顔に見えるのに、怒っているようにも見える。

「ごめん、シャン。食事をとりに行ったらさ、団長に見つかった」

「見つかった、という表現もいささか聞き捨てならないが」

ガレットの口の端がピクリと動いた。これは、彼が間違いなく怒っている証拠でもある。

「はいはぁい、私もいるわよ」

そのガレットのうしろからひょっこりと顔を出したのは、漆黒騎士団の副団長であるアニトラ・サンド。少しだけ癖のある赤茶の髪を一つに結わえており、明るい茶色の目は楽しそうに笑っていた。

「あれ？　アニ姉さん、今日はこちらなんですか？」

シャンテルはアニトラのことを『アニ姉さん』と呼んで慕っていた。

普段は事務官として働いている漆黒騎士団の騎士たちだが、このアニトラだけは別の場所で『便利屋』として働いている。

「うん、そうなのよ。で、食堂に行ったらローガンが珍しく一人でしょう？　その割には二人分の食事を持っているし。これはなにかあるなと思って、ついてきちゃった」

シャンテルは昼食をあきらめようと思った。無言で扉を閉めようとした。それができなかったのは、ガレットが足をすかさずその扉の隙間に入れてきたからだ。

「シャンテル。昼食をとりながら、ゆっくり話を聞かせてもらおうか。ほら、君の好物もたくさんもらってきたぞ」

「いえいえいえ、お腹、いっぱいですから」

シャンテルは無理やり扉を閉めようとするが、ガレットの足が引っかかって閉まらない。そうやって暴れて押し問答をしているうちに、シャンテルのお腹は盛大にグルルルと鳴きだす。

「君は正直者だな。腹、減ってるんだろ？　減ってるよな？」

ガレットは、美味しそうな食べ物をシャンテルに見せつけてくる。もちろん、不敵な笑みも忘れていない。

「美味しいデザートもあるわよ？」

アニトラまでもが、そうやってデザートを見せてくる。彼女が手にしているデザートは、シャンテルが好きなものばかりだ。

「シャン。あきらめたほうがいいよ」

ローガンが首を横に振っていた。

（すべてはローガンのせいじゃないのよ）

ジロリと彼を睨むシャンテルだが、ローガンはシャンテルと目を合わせようとしない。どうやら彼も、やらかしてしまったという自覚があるようだ。

あきらめるしかないのだろう。このガレットという男からは逃げることができない。

仕方なくシャンテルは三人を中に招き入れた。

「色気のない部屋だな」

ガレットがぽつりと一言漏らす。

「この宿舎なんてどこも似たようなものではないですか」

漆黒騎士団の個人部屋。浴室トイレは備え付きだが、それ以外はベッドとクローゼットと、食事用のテーブル、そして書き物をするための机しかない。幸い、食事用のテーブルには椅子が三つある。これは、シャンテルが同僚とここでたまに食事をしたり、おやつを食べたりするからだ。その同僚はローガンだったり、そうじゃなかったりする。

書き物用の机から椅子をずりずりと引きずって、空いているところに置いた。四人で食事するには、少し狭いテーブルだ。

「シャンテル、お誕生席はお前に譲ってやる」

そんなガレットの提案により、シャンテルはガレットとローガンの間という、またもや逃げられない席になってしまった。そして、目の前にはアニトラがいる。

シャンテルが時間稼ぎのつもりでお茶を淹れようとした。

「いいよ、シャン。ボクが淹れるから」

ローガンがポットを奪ってしまう。

九十度隣から突き刺さるガレットの視線が痛い。なにも言わず、黙っているところも怖い。

手際よくローガンがお茶と食事を並べる。

「では、いただこうか」

両手を合わせたガレットの声が恐ろしい。

「さて、シャンテル。昨日は潜入調査だったはずだが、どうやら決められた時間に部屋へ戻ってくることができなかったようだね。私たちは君が相手に見つかってしまったのかと思って、焦っていたのだよ」

妖艶に微笑み、パンをちぎりながら、ガレットが口を開いた。

彼のように漆黒騎士団はわりと見目が整った人物が多い。だが、印象に残るような整い方ではなく、どこにでもいるような見目のよさである。これにも理由があり、あまり目立つ容姿だと、潜入調査の時に相手の印象に強く残ってしまうからだ。

だから『あ、あの人、かっこよくない？』と街ですれ違う女性にちょっと噂される程度の見目のよさの人物が多く、シャンテルもちょっと可愛い程度の娘である。街に出れば『ちょっと、あの娘。可愛くね？』と言われることは、たびたびある。

残念ながらシャンテルは美しいという形容詞よりは可愛いが似合う容姿をしている。もう少し年を重ねれば、美しい女性になるのかもしれないと周囲は思っていた。

それでも、シャンテル自身はその評価に気づいていない。いたって普通のどこにでもいる女性だと自身を思っている。

だからこそ危うい。

「すみません」

すぐさまシャンテルは謝罪した。

ガレットに対して言い訳をしてしまうと、たいてい話が五倍になって返ってくる。ガレットからの話は素直に聞いて『はい』か『すみません』か『承知しました』で答えるにかぎるというのが、漆黒騎士団の中でも有名な話だ。

それに今回のガレットの指摘はごもっともである。潜入調査が相手に知られて、そのまま捕らえられてしまうという話も、耳にするからだ。

「団長。どうやらシャンは別なところに捕まってしまったようです」

パンをちぎって口の中に放り込んでいたローガンが、変化球を投げてきた。

（くそ、ローの奴。余計なことを言いやがって……）

シャンテルは彼をジロリと睨んだ。

ローガンは我関せずの態度である。変化球を投げるだけ投げたらあとは打つなり見逃すなり、なんなり好きにしろ、とのことのようだ。

そんな彼は、規則的にパンをちぎっては、口の中に放り込んでいた。

シャンテルは唇を噛みしめながら、ローガンをじっと見つめる。口元を歪め、ついでに鼻のほうまで歪めた。顔の見た目にこだわっている場合ではない。それだけ『余計なことは言うんじゃないわよ』とローガンへ訴えている。

肝心のローガンは、シャンテルの気持ちを無視してパンを咀嚼していた。

「ほほう。別なところに捕まった、だと？　シャンテルが？　それは興味深いね」

優雅にカップを傾けてお茶を飲むガレットは、口調も穏やかだ。

だけど、腹の底でなにを企んでいるかはわからない。

次に口を開くべき人物は誰なのか。それの探り合いだった。

ここは間違いなくシャンテルなのだが、それを打ち破ったのはローガンである。

「見せたほうが早いんじゃない？」

「げほっ」

ローガンの言葉に、シャンテルは危うくパンを喉に詰まらせるところだった。

「見せるって」

唇の周りを手の甲で拭いながら、シャンテルは言った。

「その襟元。ボタン外せばいいだけじゃん。さっきはあれだけボクに見せつけたくせに」

「あれは、不可抗力だって」

「ほう。ローガンには見せることができて、私にはできないと言うのだね」

テーブルの上に肘をついて両手を組んだガレットが怖い。

「団長。食事中です。テーブルに肘をついてはいけません」

すかさずシャンテルはそんなことを口にして誤魔化す。だからといって、誤魔化されるようなガレットでもない。

彼はシャンテルに視線を向け、ふたたび艶やかに笑った。

「あら、シャンテル。自分で見せることができないと言うのであれば、私が手伝うわよ。女性同士ですもの。なにも問題はないわよね」

目の前のアニトラがにっこりと笑う。こちらは可愛らしい笑みである。だけどシャンテルは知っている。この笑顔に隠されている本当の恐ろしさを。

すっとアニトラが席を立つと、シャンテルの腕を引っ張り、椅子から立つようにと促した。

シャンテルはアニトラを見上げ、ぶんぶんと首を横に振るが、アニトラの目は笑っていない。

渋々と席を立ち、浴室へと連れていかれて向かい合う。

アニトラの手が伸びてきて、有無を言わさずシャンテルの襟元のボタンをゆっくりと外していく。

シャンテルがされるがままになっているのは、ここで抵抗するものならば、ボタンを外すだけでは済まされないと思ったからだ。

ぎゅっと、両目を強く瞑(つぶ)った。

「これは……」

アニトラのその言葉に続く言葉など、容易に想像できる。

「見事にやられちゃったみたいね」

だけど、その口調はなにやら楽しそうにも聞こえた。実際、このアニトラという女性は楽しんでいる。そして彼女は襟元だけでなく、シャンテルの胸元、お腹の辺りまでボタンを外し始めた。

シャンテルは抵抗できない。

「あらぁ。これはすごいわよ」

隣の部屋にいるガレットとローガンにも聞こえるようなアニトラの声が、浴室に反響した。

「じゃ、ボタンを留めて。むこうに戻りましょう」

アニトラは笑っているが、シャンテルは笑えない。

きっちりとした詰襟の第二ボタンを外したまま、シャンテルは席に戻った。一番上まできっかりと留めようと思ったのに、アニトラがそれを制したのだ。

「ごほっ」

戻ってきたシャンテルを見るとすぐに、ローガンが咽(むせ)た。

第二ボタンまで外しているから、鎖骨の部分まではっきりと見えているはずだ。たったそれだけの場所であるにもかかわらず、昨日の営みの情事が色濃く残っている。

アニトラには見られてしまったが、下着の下にも赤い痕は残っていた。

「いや、ここまでやられると、見事としか言いようがないな。もしかして、背中もか？」

ガレットが手を伸ばして、ブラウスを下からめくると、背中の下側を確認し始めた。

「ちょっと、ガレット。それ以上見たら、私がやるからね」

一応アニトラもシャンテルのことを気遣っているようだ。この場合の『やる』の意味がなにを指すのか、深く問い詰めるのはやめておくのが無難である。

「いや、これは。君は、本当にやられたんだな。なにをやってるんだ？　まあ、ナニだろうけど。とりあえず、ご愁傷様とだけ言っておく」

ボタン、留めてやろうか？　とガレットが言ってきたのでシャンテルはそれを丁重にお断りした。

自分でボタンを一番上までしっかりと留める。

「念のため尋ねるけど、合意の上よね？　襲われたわけではないよね？」

アニトラが不安そうに目を細める。

「そうだ、アニトラの言うとおりだ。無理強いされても、抵抗できるだけの力はあるよな？　で、相手は誰だ？」

ガレットが一番肝心なところを尋ねてきた。

「まあ、合意の上というか。流れにデロデロと流されたというか」

あははは、とシャンテルは笑いながら答えるしかない。

「ごほっ、ごほっ」

まだローガンは咽ている。

「相手は？」

ガレットは続けた。その鋭い視線を、シャンテルから逸らそうとはしない。

「言わなきゃ、ダメですかね？」

彼女は顎を引き、上目遣いでガレットを見た。

「シャンテル。君も漆黒のメンバーだからね。私には君の男関係を把握しておく必要があるのだよ」

「はあ」

（そんなもんなの？）

ローガンに助けを求めてみるけど、彼はいまだに咽ている。

目の前のアニトラに視線を向ければ、彼女はにんまりと笑みを浮かべている。

ここにシャンテルの味方はいないようだ。むしろ、シャンテルが危うく朝を共に迎えそうになった相手が誰なのかに、興味を持っている人物しかいない。

「あの、いや……。実は……。知らないんですよね」

「がほっ」

ふたたびローガンが咽た。どうやらとどめを刺してしまったらしい。彼は、ごほごほと激しく咳込み始めた。

「知らないって。シャンテル。君は行きずりの男性に捧げたってことか？」

ガレットは少し声を荒げた。

「捧げたって？　なにを？」

シャンテルが尋ねた。

「あなた、処女だったわよね？」

アニトラが口にする。だった――つまり過去形。

「えっと。まあ。行きずりの男性かと言われると、そうではないんですけど」

「では、知らない、というのはどういう意味だ」

ガレットの目は怒りの色で満ちている。

それを受け流すかのように、シャンテルは首を傾けた。

知らないのは彼の名前。彼はシャンテルが潜入している酒場に、三日に一度訪れる準常連客である。

(あれ？　むしろ知っていることって、それしかないかも)

改めて考えると、彼について知っていることなどなにもなかった。

「えっと。相手はあそこの酒場に来ている客です。名前は、愛称がレイということくらいしか知りません」

しかもその愛称も、身体を重ねてから教えてもらった。

「行きずりに該当するかしないかの判定が難しいラインだな」

ガレットは顎に右手を当てる。

(え、そんな判定があるの？)

シャンテルはアニトラに助けを求めるが、彼女は笑いながらパンをちぎり、口の中へと放り込んでいる。

「はぁ……」

そこでようやくローガンが息を吐き、ゆっくりとお茶を飲む。

「シャンの朝帰りじゃなくて深夜帰りにも驚いたけれど。相手が、名前も知らないような酒場の客っていうのも驚きだよね」

そこでローガンはカップを置いた。

「でも、団長。相手の男は本気ですよ、それ」

「ああ、それは私も思っていたところだ」

「しかも、嫉妬深そうな感じもする。普通、そこまでやる？　処女相手に」

ガレットとローガンが盛り上がり始めている。

(さっきから、処女処女うるさい)

心の中で二人に文句を言う。

「あー、そう言えば」

口元でパンを止めて、シャンテルは天井を見上げた。彼女が視線を上方向にずらすのは、なにかを思い出している時の仕草だ。

「責任は取る、と言われたような」

「なんとなくわかるけど。なんの責任、って聞きたいくらいだよね」

ローガンは呆れており、目を細くしてシャンテルを睨みつけている。

「え、やっぱり責任を取る、ってそういう意味？　それ以外の意味を考えたいんだけど」

驚いたシャンテルが声をあげる。

「そういう意味じゃなかったらどういう意味だよ。そのレイって男、確実にシャンのことを狙ってたでしょ。確信犯だよね。なに、まんまと食われちゃってるのさ」

「ローガンの言っていることも、あながち間違いではないだろうな。相手が君の潜入先の酒場のや常連客というのであれば、彼は君を知っていたということだ。何度か目にするうちに、君に惚れたという可能性は充分に考えられる」

「私に、惚れる？　そんな要素、どこにありますかね？」

「あら、やだ。自覚がないって恐ろしいわ」

アニトラが頬杖をついて、シャンテルを見つめる。

ローガンもため息をついた。

「団長。副団長の言うとおり、シャンの自覚のなさは、やっぱり潜入調査において危険ですよ」

「シャンテル。君は特別美人ではないけれど、五人の男性がいたとしたら、そのうちの一人はいいかも、と思えるような容姿だ」

ガレットの発言が微妙すぎて、シャンテルは喜んでいいのかどうかがわからない。

「はあ」

気の抜けた返事しかできない。

「だけど、酒場潜入時はもっと目立たない格好をしていたつもりなんですけど」

「まあ、それがそいつのどストライクだったんだろうな。人の好みというものは、本人にしかわからないところがある。ただ、漆黒のメンバーであるなら、そういった相手を軽々と流せるようになってもらいたい」

「そうそう」

ガレットの言葉にローガンが頷いている。

「ほだされても、流されても。身体だけは許すな」

ガレットの言葉がシャンテルの身に刺さる。

「だけど、許しちゃったしね」

アニトラの一言が的確すぎて、シャンテルとしては身の縮む思いである。

「はあ」

肩を丸めて返事をした。

「君は魔法を使えたじゃないか。なぜ、それを使って逃げなかった？」

ガレットから痛いところを衝かれてしまった。

なにしろシャンテルは魔法が使えるのだ。それが漆黒に勧誘された理由でもある。

「あの、ですね。実は、魔力切れを起こして、一時的に使えなくなったんですよね」

その告白にガレットの右眉がピクリと反応した。

「魔力切れ、だと？」

魔力切れ。その名のとおり、魔法を使いすぎて魔力が切れてしまうこと。魔法は魔力と呼ばれる力を消費して使うのが一般的である。そのため、魔力が切れると魔法を使えなくなる。人によっては気を失うこともある。つまり、寝てしまう。

「はい」

ガレットの言葉に力強く頷くシャンテルなのだが、ローガンの冷たい視線が刺さってきて、胸が痛む。

「やはり昨日、なにが起こったかを、一から聞く必要がありそうだな」

冷静に言ったガレットのその目は、間違いなく怒っていた。

アニトラも笑っているように見えるが、目は怖かった。

時間は一日前にさかのぼる。

シャンテルはシェインとして、大衆酒場である『夜鳴亭（よなきてい）』の店員となり潜入調査を行っていた。

街が闇に呑（の）まれ始め、魔導具の明かりがぽつぽつと灯り始める頃から、シャンテルは夜鳴亭で働き出す。

この時間帯は、夕食を求める客で店内もごった返す時間帯である。

「シェインちゃん、これ五番テーブルに運んで」

「はい」

両手で料理を抱えたシャンテルは、指定された五番テーブルに大きな皿を運ぶ。

「はい、お待たせしました」

「うひょー。美味（うま）そう」

五番テーブルの客は、男性の三人連れだった。夕食を兼ねて夜鳴亭に足を運んだのだろう。

「はい、こちらはこのタレで食べていただくのがオススメです」

このシャンテルの言葉は『いつものシェインちゃんの一言アドバイス』と、客からは呼ばれている。実は、この一言アドバイスの評判がいいのだ。

「料理も美味しいし、酒も美味いし、お姉ちゃんは可愛いし」

そこでシャンテルはお尻をペロンと撫でられた。残念ながらこの店ではよくあること。

「はいはい。ここはそういうお店ではありません。私よりも美味しい料理ですよ。こっちを味わってくださいね」

手をひらひらと振りながら、シャンテルは五番テーブルを後にする。

ここで目くじらを立てて怒ってはならない。理由は、相手が客だからだ。それとなく注意して、それとなく断る。

裏へ戻ると、どうやら店長も先ほどの客の仕草を目にしていたらしい。

「相変わらず、シェインちゃんは狙われてるね」

「店長。笑ってないで、なんとかしてくださいよ」

両手を腰に当て、シャンテルはむぅと頬を膨らませる。

「わかった、わかった。特別お給金、出してあげるから」

鼠色の髪を清潔そうにうしろに撫でつけている店長は、シャンテルの父親と同じくらいの年代である。いつもニコニコと笑みを浮かべていて、好感がもてる。

『店長、また来ちゃったよ』と毎日言われるくらい、客からも好かれている。

子どもたちからも『てんちょう、てんちょう』と親しまれ、そのたびに目尻を下げていた。まさしく老若男女問わず好かれるような、人のいい男なのだ。

たまに、その人のよさが裏目に出ることもある。ああいった客に対して、強く出られない。

「もぅ」

店長のその性格を知っているシャンテルは、唇を尖(とが)らせるしかできない。

シャンテルはできるだけ目立たないようにと、わざと大きな黒ぶち眼鏡をかけて、髪の毛も地味なおさげにしているにもかかわらず、たまに客からはあのような行為をされてしまう。

ひどい時には、仕事終わりに待ち伏せをされることまであった。

店長が言うには、『初心(うぶ)そうだから』のようであるが、彼がもう少し客に強く出てくれれば、このような面倒に煩わせられなくて済むのにと思う。

おさげである髪型がよくないのか、眼鏡姿がよくないのか真剣に悩む。

(そういえば、この姿はローガンにも不評だったな)

不評であれば、男性から狙われる心配もないと思っていたのだ。

それでも、こうやって構われているだけなら、なにも問題はない。

一番のストレスの原因は、そのペロリとお尻を撫(な)でた客相手に、回し蹴りの一つも出せないことだ。

相手は客だ、それ以上の理由はない。

それでも自分の精神安定のため、お尻を撫(な)でた今の客に対して、三回転の回し蹴りを脳内で仕掛けておいた。とにかく今は、脳内妄想で我慢するしかない。

そんなことを考えながら、店内がよく見渡せるいつもの場所に立っていると、片手をあげた客から呼ばれた。

「お待たせしました。ご注文をどうぞ」

シャンテルは、先ほどの出来事を気にせずに、明るい声で振舞う。

片手をあげたカウンター席の客は、三日に一度ほどやってくる客だった。その身なりから推測するに、どこかいいところの上流階級の人間だろう。

「いつもの」

「はい、いつものですね」

注文も『いつもの』で通じてしまう。

彼がこの店に来るようになったのは、ここ一か月ほどだ。その前はなにをしていたのか、どうしてここに来るようになったのか、そういったことはまったくわからない。

店員と客の関係なんてそんなもの。

シャンテルが厨房(ちゅうぼう)に向かって料理名を告げると、「あいよー」という料理人からの陽気な声が戻ってくる。このやり取りも好きだった。

料理はすぐにできあがり、店長に指示される。

「シェインちゃん、カウンター席ね」

熱々の料理が並べられたトレイを手にして、カウンター席の男にいつもの料理を運ぶ。

「お待たせしました。いつものです」

彼が『いつもの』と言うから、シャンテルもつい『いつもの』と言ってしまう。

ところが、彼は驚いたようにシャンテルに視線を向けた。

「サービスです」

唇の前で人差し指を立て、小さな声でシャンテルは言った。ほかの人には内緒、という意味だ。

彼のいつものにはない、小さな皿に気づいたのだろう。

男は顔を少し緩め「ありがとう」と小さく呟いた。

シャンテルも「これからもご贔屓に」と、笑顔で小声で答えた。すると男の顔が綻んだ。

「シェインちゃん」

そこで店長の声が飛んでくる。

「悪いけど、今から二階の準備をしてきてもらえないかな。予約が入っちゃって」

「はい」

シャンテルは明るく答え、店長の元へと向かう。

夜鳴亭の二階は大広間になっており、大人数での宴会を開く時に使われている。だが、こんな時間から予約というのも珍しい。

なにしろ日が変わるまではあと三時間。シャンテルの仕事はあと一時間で終わる。

店長は予約の詳細について説明する。人数は十人程度で、大広間を区切ること。テーブルは大きな丸テーブル一つでいいという内容だった。

「店長。私、もう少し残ったほうがいいですか?」

「いや、席の準備だけしてくれたらいいよ。やっぱり、この時間からの予約だからね。変な客も多いんだ。シェインちゃんにはちょっと荷が重いかもね」

店長は苦笑している。

時間が遅くなるにつれ、客層も変わってくるのはある。先ほどのように、お尻を撫でられただけでカッとしているような自分には務まらないような客層なのだろう。

そこまで考えた時、これからの客が大物のように思えてきた。

遅い時間の予約。シャンテルには荷が重いと言われる客層。

(となれば、あれを仕掛けておいたほうがいいかも)

漆黒騎士団のシャンテルとして動き出す絶好のチャンスである。

シャンテルは軽やかに一段飛ばしして階段を駆け上がった。

大広間の席を整える傍らで、胸元から魔導具を取り出す。この魔導具は音声を記録することができるもの。つまり録音器と呼ばれるものである。だが、魔力を用いた魔導具の録音器であるため、正確には魔導録音器と呼ばれている。

シャンテルは魔導録音器に魔力を込めて、テーブルの裏側に貼り付けた。十人程度で、大きな丸テーブル一つという指示だ。これだけの広さであれば、録音器は一つで充分だ。

テーブルの周りに椅子を十脚並べ、衝立も綺麗に並べ直す。最後にテーブルの上と椅子の上を丁寧に拭きあげた。

準備した部屋をぐるりと見回してから、シャンテルは階下へ戻る。

「店長、準備終わりましたよ」

「ありがとう。今日はちょっと早いけど、もうあがっていいよ。お給金は、きちんと時間分渡すからね」

「店長、ありがとうございます。だから、店長、大好き」

そうシャンテルが口にすれば、店長もまんざらでもないようだ。

日が変わるまであと二時間と少し。シャンテルは帰路についた。

店の裏口を出たところから、ヒタ、ヒタ、と不気味な足音がうしろからついてきた。

立ち止まると、足音も止まる。早足で歩くと、足音も速くなる。シャンテルとはつかず離れずの距離を保っている。

いろんな意味で高鳴る胸を押し殺して、彼女はくるりとうしろを振り向いた。

「シェイン。今、帰りか？」

五番テーブルの三人組だった。ご丁寧にシャンテルの帰宅時間まであの五番テーブルで粘っていたのだろう。

「なにか、御用ですか？」

シャンテルは深く息を吐き出した。

「いや、夜も遅いからな。送っていこうと思ったんだ」

言いながら、三人組はシャンテルへそろそろと近付いてくる。

「御親切に、ありがとうございます」

彼女はできるだけ丁寧に返事をした。相手を挑発しないようにという心がけだ。

「じゃ、行こうか」

先ほど、彼女のお尻を撫でた男が手を差し出してきた。シャンテルはゆっくりとその手を右手で握りしめると、ぐっと力を込めた。

「いてててて」

男が騒ぎ出す。

「なにすんだ、この」

「ごめんなさい……。その、慣れていないもので」

シャンテルは初心な少女を演じる。なにしろこの初心なところが狙われる理由になっているのだ。

それでも男がシャンテルに掴みかかろうとしたため、彼女はすかさず眠りの魔法を放つ。

ガクリと男の身体が崩れ落ち、派手にいびきをかいて眠ってしまった。残りの二人の男が慌ててやってきて、眠っている男の身体を揺するが、彼は起きそうにない。その隙に、ほかの二人の男にも眠りの魔法をかける。

彼女は炎の魔法とか氷の魔法とか、そういった派手な魔法は使えない。

地味だけど、この眠りの魔法は意外と効果がある。

三人は折り重なるようにして眠っていた。

(仕方ない、たくさんお酒も飲まれていたようですしね)

そう思ったシャンテルは、その場を去ろうとした。

「おい、なにをしている」

騒ぎを聞きつけた別の男がシャンテルに向かって走ってきた。

「あ……。え、えと」

この状況をどう説明すべきか。場合によってはシャンテルが三人の男を倒したように見えるかもしれない。

「大丈夫か」

シャンテルが説明する暇もなく、その走ってきた男性に抱きしめられた。

(誰、この男……)

見上げると、あのカウンター席の男だった。辺りは薄暗いが、はっきりと顔が認識できるほど、それだけ近くに彼の顔がある。

「彼らが、君の後をつけているのが見えたから。それで、急いで追いかけてきたのだが」

彼女の頭を自分の胸に押し付けている彼の視線の先には、三人の男が仲よくいびきをかいて寝ている光景がある。

シャンテルがやったと知られてはならない。

「どうやら、お酒を飲みすぎたみたいですね。だから、眠ってしまったようです」

「そうか。それなら、よかった」

男は、シャンテルの頬に触れた。

「怖かったろう？」

男に触れられて、シャンテルは自分が涙を流していることに気づいた。

「あ、ごめんなさい……。みっともないところを」

シャンテル自身、なぜ泣いているのかがわからなかった。あの男たちが怖かったわけではない。

男三人くらいであれば、物理的な攻撃で倒すこともできる。

男は彼女を抱きしめる手に、少し力を入れた。

シャンテルもほっと一息つく。

だが、彼女にとってその状況はよくなかった。

急に、目の前が真っ暗になってガクンと力が抜けた。一人で立つこともできないような感覚に襲われる。

「シェイン？」

カウンター席にいた男は不安げな様子で彼女の名を呼ぶが、シャンテルにはその声が遠くに聞こえた。

彼女は薄れていく意識の中で猛烈に反省していた。

先ほど、魔導録音器のために魔力を使っていた。そして今、三人の男に立て続けに眠りの魔法を使った。魔導士ではないシャンテルは、保持している魔力がすこぶる少ないのだ。

これは魔力切れだ。魔導録音器がなければ、三人くらい眠らせることなど簡単であった。

だから、シャンテルは気づかなかった。このカウンターの男が、彼女を抱きしめながら「魔導士であれば、好都合だな」と呟いていることに——


頭を優しく撫でられている感覚があった。

すっと目を開けると、見たことあるようなないような男の顔が目の前にあった。

「目が覚めたか？」

あのカウンター席の男だった。

「あ、はい。あの……。すみません。ここは？」

「急に君が倒れたから、とりあえず近いところへ連れてきたつもりだが。君の家もわからなかったし」

なぜかカウンター席の男が照れている。

シャンテルは自分が置かれている状況を、冷静に分析し始めた。

頭の下にあるのはこの男の膝である。いわゆる膝枕という状況だ。男の左手はシャンテルの頭をゆっくりと撫でている。まるで子どもをあやすかのように。

彼女はいつもより多めに目を瞬いてから、のろのろと身体を起こす。

「ご迷惑をおかけしてしまい、申し訳ありません」

夜鳴亭の店員であるシェインは丁寧に謝罪をした。

「いや、迷惑ではない。それよりも」

カウンター席の男が顔を寄せてきた。

「あいつらにはなにもされなかったか？」

男の言う『あいつら』が、シャンテルにはすぐには思い出せなかった。

だが目の前の男とシャンテルの共通点を考えると『あいつら』しか心当たりがない。

「あいつらって、五番テーブルの客？」

シャンテルが尋ねると、男は声をあげて笑う。

「そう、五番テーブルの客。怪我をしていないか、みてあげる」

「え、大丈夫ですよ。ほら」

シャンテルは先ほど五番テーブルの男に触れられた右手を差し出した。

「もしかして、この手を触られたのか？」

カウンター席の男はシャンテルの右手を取り、その甲に唇を落とした。驚いた彼女がその男の顔を見上げる。

「消毒」

そう言った男は口元に笑みを浮かべていた。

「や、やめてください。なにもされておりませんから、大丈夫です」

シャンテルは慌てて身体を引いたが、カウンター席の男のほうが強かった。そのまま手をぐいっと引っ張られ、彼の腕の中にすっぽりとおさまってしまう。

「なにもされていないわけはないだろう？　君は、泣いていた」

乾いた涙の痕を、指先でそっと撫でられる。

シャンテルの顔に、ぱっと熱がたまった。

「あれは……」

不覚にも彼の前で泣いてしまったことが恥ずかしく、なにかしら言い訳を考えてみる。だが言葉が出てこないため、目を伏せるしかない。

「そういえば、シェイン。君は、あいつらにこちらも触られていたようだな」

ワンピースの上から、男が彼女のお尻を優しく撫で上げた。

「ひゃっ」

予想していなかった行為に、シャンテルからは悲鳴が漏れてしまった。

「こちらも、怪我をしていないか見たほうがいいだろうか？」

男はにんまりと口角をあげる。

（見るって、お尻じゃない……。そんなところ、見せられるわけないでしょ）

心の中では焦りを覚えたが、彼の腕の中におさまっているシャンテルは、首を横に振って抵抗することしかできない。

「いえ、なにもされておりませんので。心配してくださってありがとうございます」

「シェイン」

突然、その男は優しく彼女の偽名を呼んだ。その呼び方が胸に響いて、つい彼女も彼の顔を見上げてしまう。

（あ、嫌いではないかも、この顔……）

一目惚れとでも言うのだろうか。いや、客と店員として何度も顔を合わせていたのだから、一目惚れではない。

だが、まじまじとこうやって彼の顔を見てしまうと、胸がぎゅっと締め付けられる。

先ほど、不覚にも涙を流してしまったのは、なぜか彼の顔を見てほっと安心してしまったからだ。

だから今も、彼から目を離せない。

すっと彼の顔が迫ってきて、ふと彼の唇が自分の唇に触れた。

「あっ……。んふ……」

あまりにも激しく唇を奪われるので、息を吐くたびに甘い声が漏れてしまう。彼の舌が口の中に侵入してきて、熱く彼女の舌に絡みつく。

なぜかシャンテルも彼の与えてくれる熱に応えてしまう。

「んっ……」

「すまない」

唇が離れると、二人を紡ぐ糸がぷつりと途切れた。

カウンター席の男はそう言ってシャンテルの身体を抱き上げた。

（すまないって、なに？）

先ほど、男から与えられた口づけによって、身体には微熱がこもっている。

どさりとベッドの上に仰向けにおろされた。

男もベッドに膝をつくと、ギシッと二人分の重みで軋んだ音があがる。

これからなにが起こるのか。同じベッドの上に男と女がいたら、やることなど一つしかない。ぼんやりとした頭でさえも、シャンテルにははっきりと理解できた。

だから、逃げなければならないと思った。身体をよじろうとしたが、すぐに男が覆いかぶさってきた。

「悪いが、俺は今すぐ君がほしい」

その言葉に、なぜかシャンテルの身体が熱くなる。

男はふたたび激しく唇を求めてきた。彼の手が彼女の胸元に狙いを定めて、そこに快楽を与えようとしている。

(しまった。よりによって、今日のワンピースは前開きだった……)

そう思ったところで、もう遅い。

彼の手は、器用に彼女のワンピースのボタンを外していく。

「邪魔だな」

シャンテルだって、彼の言う邪魔がなんであり、これからなにをされるかわかっているが、抵抗する力は残っていない。

心のどこかで『この人になら……』と本能的に思っている自分がいるのだ。抵抗しようと思えば抵抗できたし、本気を出して逃げようと思えば、もっと前に逃げられたはずだ。

だがそうしなかった。逃げなきゃという思いと、彼にならという思いが交叉する。

シャンテルのワンピースは、男の手によって器用にすべてのボタンが外され、押し広げられる。

色気のない胸当てもペロンと外された。

今日ほどこのワンピースを着ていることを後悔したことはない。お気に入りのワンピースであったが、封印しようと思う。

期待と後悔の狭間の複雑な気持ちに侵されていた。

「あっ、んっ……」

無骨な彼の指が執拗に胸を弄るため、また変な声が出てしまった。彼が与えてくれる心地よさに翻弄されている自分が恥ずかしい。

魔力切れでなかったら、このカウンター席の男にも眠りの魔法をかけて、さっさと逃げ出していただろう。そうだ、魔力切れだから逃げられないのだ。

今となってはあの魔導録音器が恨まれる。

男はシャンテルの頬から首元、そして鎖骨と、流れるように唇を這(は)わせていく。

そのたびに、チリっと痛みが走る。

「シェイン……」

熱っぽい息を吐きながら、男が名を呼んだ。

「はい」

潤んだ目で答えると唇を激しく奪われ、胸は揉みしだかれる。皮の固い指だが、動きはとても柔らかく繊細である。

彼女は知らぬうちにぎゅっとシーツを握りしめていた。

「可愛いな、君は」

そんなシャンテルの様子を目にした男は、右手の人差し指で彼女の目尻にたまったものを拭いとり、ペロリと舐(な)めた。

彼は左胸を大きく口に含んだ。敏感な先端を舌で丁寧にこねくり回し、空いている手はもう片方の胸の先端を指の腹でぐりぐりと刺激する。

さらにその手は、脇腹をなぞり下腹部を一撫ですると、足の間の割れ目を下着の上からそっと触れた。

「濡れてるな。俺に感じてくれた？」

熱い息を吐く彼の言葉に、身体が震える。

抵抗する気力も残っていなかった。

感じたことのない悦楽に攻められて、身体がふわふわと浮いているような気分だ。

下着も脱がされ、いつの間にかワンピースもすべて剥ぎ取られている。『汚れるから』と言った彼によって、その辺に丸めてポイっとされてしまった。

彼女を守るものはなにもない。生まれた時の姿でそのベッドに転がされている。

男も荒々しくシャツを脱ぎ捨てると、引き締まった身体が現われた。

先ほど抱きしめられた時も思ったが、この男は日常的に鍛錬を重ねているようだ。そうでなければ、このような身体はできあがらない。

いくら女性騎士で鍛えているシャンテルであっても、同じように鍛えている男が相手では敵わない。

それを理解した瞬間に、彼に逆らう意思を失った。

魔力も切れている。力でも敵わない。だけど、彼に好きにされるのは少し悔しい。

男はシャンテルの唇を貪る。右手は左側の胸をやわやわと揉みしだき、左手は秘所に触れている。

「んっ……ふあ……」

彼が与える悦びに背をよじり、腰を浮かした。

くちゅくちゅと、淫らな水音が室内に響き始め、自分の甘い声と男の熱い吐息が混ざり合う。

「はぁ……」

男が首元で息を吐いた。しっかりと下半身を跨いで膝を立て直すと、両膝をがばりと持ち上げられた。

「いやっ……」

思わずその言葉を漏らしてしまった。両手ですぐに口を覆ってしまったのは、これ以上、変な声は出せない、という気持ちがあったためだ。

「やはり、綺麗だな」

彼は、秘密の場所を暴くように割れ目にそっと唇を落とし、蜜が溢（あふ）れてくる秘部に舌を這（は）わせた。

「すごい、どんどん溢（あふ）れてくる」

口元を手で覆ったまま顔を激しく横に振る。さらに足をぶんぶんと振り上げるのだが、その足は彼に当たるようなことはない。

恥ずかしいからやめてほしい。

「危ないなぁ……」

一度口を離した彼は、そう言ってくすりと笑う。

「ちょっとお仕置きが必要かな」

男は、蜜が溢れている場所の少し上の場所を狙っていた。そこはまだ皮に包まれて恥ずかしそうに姿を隠している。

彼がチロリと舌を這わして、器用にその姿を暴いていく。

触れられた瞬間、シャンテルの下腹部はかっと熱くなった。どろりと新しい蜜が中から溢れ出す。

「見つけた。もう逃がさない。君はこんなところまで、本当に綺麗なんだな」

秘密の場所を暴いた彼の息が、隠れていた大事な突起へ触れる。

シャンテルは両手で口元を押さえたまま。

これ以上、恥ずかしい声は出したくない。だが、ガクガクと身体が震え始める。

陰核を捕らえた男は、そこを丁寧に舌でこねくり回す。

「あん……。あっ……」

口元を手で隠しているにもかかわらず、その隙間から甘い声が溢れ出した。弄られるたびに、じんじんとしたなにかが身体中を駆け抜けていく。

(ダメ……、なにかきちゃう)

目尻からは涙が零れ始める。なにかを掴んでいなければ不安になってしまう。手を口から放し、両脇のシーツをぎっと握りしめる。

「いや、いや……。待って……、やめて。なにか、きちゃう……」

それでも男は、執拗に舐め回していた。優しく舐めたり、舌先でつんつんとつついたり、予想できない彼の動きに、自身の熱も高まっていく。

暴れる足は、虚しく空を切った。

「あ、あ、ああ……」

自分の中でなにかが弾けた。ピンと張り詰めた足先が、宙に浮く。

目を開けていても、涙が自然と零れるばかりで、目の前の男の顔がよく見えない。

胸が苦しくて、呼吸を求めて激しく上下する。

次第に全身の力が抜けていき、コテンと身体を横に倒した。

(逃げなきゃ……)

このまま彼の好きにされてしまっていいのだろうか。だが、身体は彼を求めている。

気持ちと身体が反している。

「俺で感じてくれて嬉しいよ。でも、これからが本番だから」

倒れているシャンテルは彼の手によって仰向けに戻された。

膝を折られ、足の間に男の身体が滑り込んでくる。

彼は見下ろしながら、足の付け根の秘裂に手を伸ばし、すっかりと濡れそぼった陰唇を指の腹で撫でまわす。

くちゅっと淫らな粘着音が響いた。

「もう、とろとろだね」

愛液を滴らせている蜜口に彼の指が触れ、つつっと中に滑り込んでいく。

「んっ……」

頭が白んでいた。ふわふわと夢の中にいるような、そんな気分だ。抵抗する力など残っていない。そして、これから起こることに、少しだけ期待を寄せている。それは相手が彼だから。

男は左手を隣についた。シーツが不規則に波打つ。

そのまま、シャンテルの胸元に唇を寄せ、先端を口に含んだ。

胸は彼の舌によって翻弄され、下は襞肉を解すために指が蠢いている。

「そろそろ指を増やしても大丈夫かな」

胸元に男は熱い息を吐いた。ツンと屹ち上がっている乳首に、彼の熱い吐息が触れる。興奮しているのは自分だけではない。この男も同じなのだ。

ぷつり、と中の指が増やされる。

「あん……。はぁ……」

身体をよじるが、下腹部をがっちりと彼に押さえつけられているため、自由は遮られている。

中に埋もれている指が、いつの間にかもう一本増やされていた。だけどもう、何本入っているのか、それを意識する余裕すらない。

内側を広げつつ、膣壁を撫でるように動いている。指の動きに合わせて蜜口もひくついていた。

「いや……。また、なにか……」

彼を求めるかのように腕を伸ばした。

その仕草を見た彼は、顔をクシャリと歪める。

シャンテルの腕はがっしりと彼の背中を捕え、力を入れて抱きしめる。

すぐに彼女の身体は静かになった。

それでも男は指を抜かず、中の震えを感じていた。

彼にしがみつきながら、短く息を吐くことしかできない。

「そろそろ、俺を受け入れてもらえるかな」

男は優しく頬を撫で上げる。

肩で息をしているシャンテルの視界に入ったのは、彼がくつろげた下衣から取り出した男根である。固く反り立ち血管が浮いている彼の一部は、先端から先走りが滴っていた。

早くシャンテルの中に入りたいと、訴えているのだ。

怖くなって首を横に振る。

その動きを封じるかのように彼は唇を重ね、濡れた蜜孔に男性器をあてがってきた。

「という、わけなんですよ」

そこでシャンテルはお茶を一口飲んだ。

昨日の潜入調査が終わり、帰宅時にあった出来事、そして宿にまで連れ込まれたところまでを、一気に話したところだった。

不覚にも彼の顔を見て泣いてしまったことは、口にしない。

喋りながら食べ物をお腹に詰め込んでいたため、少し空腹も満たされてきた。それでもまだまだお腹に食べ物が入りそうであるため、次のパンを手にする。

「なにが、というわけなんですよ、だ」

左隣九十度に座っているガレットがジロリと睨んできた。その顔が怒っているのは、見ただけでわかる。シャンテルとしては、今すぐこの場から立ち去りたい。

目の前のアニトラは口元が微笑んでいるもののその目は冷たいし、右隣九十度に座っているローガンは、やっと落ち着きを取り戻している。

ようするに、この場に味方はいない。辛うじて、味方になりそうな人物はローガンだろうか。

「君は、昨日の任務でいくつもミスを犯している。それはわかっているのか？」

お腹は空いているシャンテルだが、そのガレットの言葉で胸がいっぱいになってしまった。手にしたパンが胸につかえて食べられないかもしれない。

パンをちぎって、考え込む。

「えっと……いくつですかね？」

笑って誤魔化すつもりであったが、ガレットに効果はないだろう。変に誤魔化せば、また彼から五倍の勢いで返ってくる。

それはそれで面倒くさいので、自分がやらかしてしまった過ちを思い出す。

「ええと。まず一つ目は……。やっぱりあそこで五番テーブルの男たちに、眠りの魔法を使っちゃったこと、ですかね？」

シャンテルの魔力量は少ない。それにもかかわらず、三人の男相手に魔法を使ってしまった。なぜなら、その前に魔導録音器に魔力を込めたことをすっかりと忘れていたからだ。

魔力量の把握を怠ったことは、ミスと捉えていいだろう。

「それもあるな。そんなどうでもいい男であれば、君の肘鉄を食らわせればよかったじゃないか」

ガレットも怒っているのか、規則的にパンをちぎっては口に入れ、ちぎっては口に入れを繰り返している。その合間にも彼は、的確な指摘をしてくる。

「まぁ、そうですけど……。一応、あの時はまだシェインでしたので。大事なお客様にそのような対応はできないのですよ」

頭ではダメだとわかっているのに、ついつい言い訳をしてしまう。でも、肘鉄を食らわせられない状況であったのは事実である。

「その真面目さが今回のミスの一つでもあるな。ほかには、どんなミスをしたと思っている？」

（真面目さって言うけど。あそこで肘鉄食らわせて、あそこの酒場をクビにされたら、今までの苦労が水の泡でしょ）

反論は心の中だけにとどめておく。

（それよりも……。ほかにもあるの？　なんだろう……）

ちぎったパンを一口だけ口の中に放り込んで考える。

すべてのことの発端は五番テーブルの男たちだと思うのだが。

「五番テーブルの男のほかにもありますかね？」

考えてもわからなかったため、ガレットに尋ねた。

彼はパンを咀嚼(そしゃく)しながら睨んできた。

やはり、彼の言葉に反論してはならないのだ。彼がミスは一つではないと言ったのであれば、それが事実である。さらに、自分で考えろとまで言っている。

「えぇと……。てことは、やっぱりカウンター席の男？　あの男から逃げなかったことですか？」

その言葉に満足したのか、ガレットは口元を綻ばせた。

「わかってるじゃないか。そいつの前で魔力切れを起こしたこと。気づいた時にすぐに逃げなかったこと。やられてる時に抵抗しなかったこと」

ガレットが心にグサグサと刺さるような言葉をかけてくる。

「団長。違いますよ。魔力切れを起こしたのは事実ですけど。私は、逃げようとしました。抵抗しようとしました。だけど、その逃げ道を塞がれたんですよ。相手のほうが三枚くらい上手だったんです。危うく、朝までコースでしたよ」

抵抗が抵抗になっていたかどうかの記憶は定かではない。五番テーブルの男から助けてくれようとした彼に、少しだけ惹かれてしまったのも事実であるため、本気で抵抗していなかったかもしれない。心のどこかでは、彼を受け入れていた自分がいる。

だがそれを、目の前のガレットに伝えるつもりはなかった。伝えたら最後。間違いなく、ガレットはあの男を消しに行く。

「へえ。よく朝までコースから逃げてこられたね」

やっと落ち着きを取り戻したローガンが、口を挟んできた。

ガレットを相手にするよりは、彼のほうがまだいい。

「むこうも弾切れだったんじゃないですかね？」

シャンテルはしれっと口にした。

「誰が面白いことを言え、と？　切れるほどやられたのか。何回やられたんだ」

「団長からその発言はどうかと思うけれど、私も興味があるから許す」

どうやら地雷を踏んでしまったようだ。

じっとパンだけを見つめていたシャンテルであるが、ガレットからだけでなく、アニトラからも視線を感じていた。

顔を上げてガレットを見ると、ものすごく睨んでいる。

アニトラは目を細めているし、ローガンの目は泳いでいる。

それを顔に出さないように、シャンテルは素知らぬ顔をした。

（うぅっ。怖い、怖いよぅ）

「うーん、やめとくって言われたけど、何回だろ？　記憶がある限り、二回？　あれ、三回か？」

「ごほっ」

今度はローガンが盛大にお茶を噴いた。

「ちょっと、ロー。なにやってるのよ」

シャンテルは慌てて手拭きをとると、子どもの世話を焼く母親のように手際よく彼の口元を拭き、最後にテーブルの上を拭いた。

「ごめん、シャン。そして、ありがとう。そして、鼻が痛い」

ローガンは右手で鼻の下を押さえている。よほど痛かったのだろう。

「うん。だって、ローの鼻からもお茶が出ていたもの」

「相変わらず、あんたたち二人は仲がいいわね。見ているほうが、ほのぼのしちゃう」

アニトラが頬杖をつきながら、シャンテルとローガンのやり取りを見ていた。

(よしっ、これで先ほどの話は終了だ。その流れだ。ありがとう、ロー。さすがだよ)

シャンテルは心の中で拳を握っていた。

「それで、どうだった？　三回もやられて、気持ちよかった？」

「それは、もう……。ってなに、言わすのよ」

恩を忘れたのか、また話を元に戻してきたローガンである。

そこで、シャンテルとローガンの小噺のようなやり取りを黙って聞いていたガレットが、ゆっくりと口を開いた。

「シャンテル。念のため確認しておく。いや、確認しなくてもなんとなくわかってはいるのだが……。その、出されたのか？　中に」

ガレットの言葉に、アニトラも目を見開いた。

「え？　ま、はあ……。みたいですね……。だから、責任を取るの流れですよ」

えへへへ、とシャンテルは笑いながら頬をかく。

「はぁ」

盛大にため息をついたのはガレットだけでない。ローガンとアニトラまでも深く息を吐いた。

「子ども、できたらどうするんだ？」

ガレットはそう口にする。

今回はシャンテルの大失態であるにもかかわらず、そういった内容を気にしているようだ。

その気持ちだけで、彼女の心にいろんなものが染みてくる。

「どうしましょうね。別に、あの男に責任を取ってもらうつもりはないので。その時はその時で考えますが。そうなった時は、まぁ、間違いなく産みますね」

授かった命であれば、育みたい。新しい家族として迎え入れたいと思っている。

「そうか」

ガレットは怒りの捌け口だったパンを、皿の上に置いた。

「もし。万が一。仮に」

そんな前置きをしているガレットも、少し考えるところがあるのだろう。

「君が妊娠していた、としたらだ。その時は、私の五番目の妻として、君を迎える」

ガレットの顔は真面目である。ふざけてその言葉を口にしたわけではないようだ。

「……は?」

思わず右隣九十度に座っているローガンの顔を見てしまった。ローガンも驚いて、シャンテルの顔を見つめている。

ガレットはなにを考えているのか、先ほど皿の上に置いたパンを見つめている。

助けを求めるようにアニトラに視線を向けると、彼女は頬杖をついて楽しそうにガレットを見ていた。アニトラは味方になってくれるのだろうか。

「あの。団長は結婚されていたんでしたっけ？」

とりあえず無難な疑問から尋ねてみた。

「いや。まだだが」

そう答えたガレットが、顔を上げた。

「まだ、ということは。これから、四人の女性とそういったご予定があるということで？」

五番目の妻であるならば、ほかに四人の妻がいることが前提となる。

「いや。残念ながら、そういった予定もないな。今のところ」

ガレットの返事を聞いて考える。

「あれ？　でしたら、なぜ私が五番目の妻になるのですか？」

「君は、五人の男性がいたら一人がよいと思うような女性だからだ。君には五という数字が似合う」

「は？　むしろ団長が今、結婚されていないなら、一番目の妻でよくないですかね？」

五という数字が似合うかもしれないが、ほかに四人の妻がいなければ、一番目になるべきではないのか。

「最初に一番目の妻で、その後に五番まで落ちるのであれば、最初から五番のほうがいいだろう？」

「いやいやいや。団長、ほかに四人も養えますか？」

二人の会話を聞いていたローガンは、ゴホンとわざとらしく咳払いをした。

「そろそろ、そのわけのわからない会話をやめてもらってもいいですかね」

ガレットは無表情でお茶を飲んだ。それを見習って、シャンテルもお茶を飲んだ。

どうやらローガンはまともなようだ。

「シャン。安心して。ボクなら君を一番目の妻として娶ってあげるから」

今度は「ブハッ」とシャンテルがお茶を噴き出しそうになった。

だが、辛うじて被害が出なかったのは、口を閉じたため、それらがすべて鼻に回ったからだ。

手拭きで鼻を押さえるが、傍から見たら、盛大に鼻血を出したようにも見えるだろう。

「鼻が痛い、鼻が痛い、鼻が痛い」

上半身を揺すりながら言う。身体を動かすことで痛みを分散させようとした。

だが、やはり痛いものは痛い。

「っていうか。なんで急に私を妻に娶る話になるのよ」

鼻を押さえながらそう言ったため、鼻声になってしまった。あまりの痛さに、目にもじんわりと涙が浮かんでくる。

「目的は、シャンの子どもだから。気にしないで」

「普通、気にするでしょ。しかも子どもって、なに？　私は？　私はどうでもいいの？」

相手がローガンだからか、シャンテルもポンポンと言葉が出てくる。

「シャンはね、もう手遅れだから。だって、微妙な人に身体を許しちゃったわけでしょ。だからね、シャンの遺伝子を継いでる子どもに期待してるんだよ。だって、シャンの子だよ。絶対、すごい子に決まってるじゃん」

「そう。シャンテルの子には期待ができる。なにしろシャンテルの子だからだ。赤ん坊のうちから英才教育を受けさせて、この漆黒のトップ騎士に育て上げる」

ローガンの言葉の続きをガレットが奪った。

「生まれるか生まれないかわからない私の子じゃなくて、私のことをもっと期待してよ」

思わず涙目になっていた。悲しいから泣きそうになっているわけではない。

（はぁ。頭が痛い、じゃなくて鼻が痛い）

「この後、メメルのところに行ってみたらどう？」

男二人のくだらない話を呆れたように黙って聞いていていたアニトラが、提案した。

「メメルお姉さまのところですか？」

シャンテルが首を傾げる。今度は男二人が黙る番である。

「そうよ。メメルは調薬師でしょう？　事後避妊薬、もらってきなさい」

シャンテルはパチパチといつもより多めに瞬きをする。それから、残りのお茶を口に含んだ。

「そのほうがいいね」

ローガンも頷いた。

メメルは調薬師であるが、漆黒騎士団に所属している。普段は、王城内で働く人のために薬を煎じている普通の調薬師だ。たまに怪しい薬を煎じている。

漆黒騎士団は、国王陛下直下というだけであって、騎士と呼ばれる者たちだけが所属しているわけではない。騎士のほかにメメルのような調薬師、魔導士や調香師なども所属している。とにかく、国王命令で身軽に動けて、そして優秀な人間たちなのだ。

それから、シャンテルのように魔導士になりきれなかった騎士のような、普通のところに配属してしまうと扱いが困るような、中途半端のような者もいる。

だがそう思っているのは、自己評価の低いシャンテルだけである。こう見えても彼女は、能力に秀でている女性騎士なのだ。ガレットとローガンは彼女の遺伝子を継ぐ子どもを狙っているくらいに、一種の能力が非常に高い。

やっと鼻の痛みが落ち着いたシャンテルは、食事を再開した。

胸はいっぱいであったが、お腹が満たされたわけではない。むしろやけ食いするしかない。

「それで、今日の潜入調査はどうする気だ？」

ガレットが尋ねた。

「ええと。普通に行きますよ。昨日、仕掛けた魔導録音器も回収しなければなりませんし。あれ、貴重なんですよ。作るための材料が特殊なんです。だから、さっさと回収したいんですよね。本当、壊れていたりなくなっていたりしたらどうしようかと、今も気が気でありません」

シャンテルが優秀と言われる一つが、魔導具を作って扱えるところである。保持している魔力量は少ないが、それでも魔力持ちである。

魔導具師という職種もあるが、彼らの作る魔導具とシャンテルの作る魔導具は少し種類が異なっていた。

一般的な魔導具師は、生活を便利により豊かにするような魔導具を開発して作っている。

シャンテルの魔導具は、魔導録音器をはじめ、とにかく自身の趣味で怪しいものが多い。その怪しいものが、この漆黒騎士団の中では大いに役立つのだ。

「シャンは、白分の身体よりも魔導具のほうが大事なんだね」

「ロー。物事を比較する時は、条件を同じにしてから比較をしましょうって学校で習ったでしょ。私の身体と魔導具を比較するには条件がまったく異なっているため、比較対象にすること自体が間違いです」

そう言いながら、シャンテルは骨付き肉にかぶりつき、盛大に歯で引き千切る。

「君の副業のほうは……ではなく、潜入調査が終わるのは二十二時で合っているな？」

（今、副業って言った？　潜入調査を副業って思ってるの？）

心の中で思うシャンテルだが、ガレットの言葉に「はひ」と答えるのは、ふたたび肉にかぶりついていたからだ。

「では、帰りは私が迎えに行こう」

シャンテルは肉に歯を立てながら、肉越しにガレットを見る。

「シャンテルも我が団の大事な団員だからな。どこの馬の骨かわからないような奴に、横取りされるのは面白くない」

「はんひょー。ありあお、ほはいます」

言いたいのは『団長、ありがとうございます』だが、肉を食べているためそんな発音になってしまった。

ガレットにまで『どこの馬の骨』と表現されてしまったカウンター席の男であるが、彼は何者なのだろうか。

「ねえねえ、シャンテル」

アニトラに呼ばれたため、やはりシャンテルは「はひ」と答えた。

「馬の骨男は、かっこいいの？」

今度は、ごほっと肉を喉に詰まらせるところだった。

「シャン、大丈夫？」

ローガンも慌てて立ち上がると、シャンテルの背中をさすり、水を差し出す。

「あ、ありがとう。ロー」

ごほごほと数回咽（むせ）た後、差し出された水を一気に飲み干した。

「ごめんごめん、シャン。今のでわかったから、もういいわ」

アニトラは笑いながら手を振っていた。

むぅとシャンテルは唇を尖らせたものの、残っている肉に噛みついた。

口の中の肉が消えた頃、彼女はガレットを呼ぶ。

「あ、団長」

シャンテルの手には、まだ残りの肉が握られていた。

「後で、国内関係者の名簿、閲覧したいんですけど。いいですかね？」

「なんだ？　相手の男を探すのか？　探して責任でも取ってもらうのか？」

ガレットの目が笑っているように見えるが、どことなく怖い気もする。彼がなにを考えているのかがさっぱりわからない。

「違いますよ」

シャンテルはまた肉にかぶりつく。今度は噛み砕いて飲み込んでから答える。

「とりあえず相手の身分を把握しておくだけです。団長やローの言葉を信じれば、私は狙われていたわけですよね？」

二人は大きく頷いた。

（そこは、否定してくれないのか。ってことは、やはり狙われていた？）

シャンテルはまた堂々巡りしそうな思考に入り込んでしまう。

昨夜の彼の行為を思い出しても、狙われているような感じはしなかった。ただ、求められて嬉しかった。

顔が緩んだかもしれない。ほかの三人に気づかれぬ間に、顔を引き締める。

「だから。彼が何者でどこに住んでいるのかがわかれば、対策ができるかと思っただけです。だって、あの酒場に三日に一回の割合で通ってるってことは、ご近所さんの可能性が高いわけですよね。その辺でバッタリとかもあり得るわけですよね」

ただ、その辺でバッタリと出会ったとしても、あの男は今の自分に気づくはずはないのだが。

「そうだな」

ガレットはすでに食事を終えていた。腕を組み、なにかしら考え込んでいる。頭が痛いのか、首が斜め四十五度ほどまで傾いていた。

「わかった。君が言うことも一理あるな。バッタリ会って、あきらめきれないそのカウンターの男に攫われて、襲われて、次こそ間違いなく孕まされて、というパターンもあり得なくはない」

ガレットの推測が恐ろしすぎる。

「仕事の手が空いている時だったら、閲覧してもいい。許可を出そう。言わなくてもわかっているとは思うが、くれぐれも取り扱いには注意してくれ」

「ありがとうございます」

そこでシャンテルは勢いよく肉を貪り尽くした。

ただの腹を満たすだけの昼食にしては、内容が濃かった。それもこれもシャンテル自身の身から出た錆。腹だけでなく胸もいっぱいになってしまった昼食の時間である。

四人は食事を終えるとそこを片付け、それぞれの目的の場所へと向かった。

ガレットは事務官長の執務室へ。彼は漆黒の団長だが、普段は王族付き事務官の長として事務官たちを取りまとめている。事務官服に身を包むガレット。中性的イケメンは、その姿で男女どちらからも黄色い声を受けているようだ。残念ながら、シャンテルはその光景を目にしたことはない。

アニトラは、便利屋を営んでいる建物へ向かう。王城から歩いて二十分ほどの距離に、それはある。漆黒騎士団が潜入調査を行う時に、仮の根城として使う場所だ。シャンテルも夜鳴亭の店長には、シェインの住まいとしてその場所を連絡している。

ローガンは事務官としての仕事のための事務室へと向かった。今日は早番だったから、シャンテルに引継ぎさえすれば、事務官としての業務は終了となる。

シャンテルは事務室へ向かう前に、調薬師のメメルの元へ足を向けた。彼女は事務室の隣の部屋の救護室にいる。

「メメルお姉さま。いますか？」

ゆっくりと扉を開けてから、きょろきょろと中を覗き込む。

メメルが顔を上げて、緑色の瞳をシャンテルに向けると腰まで真っすぐ伸びている黒髪がハラリと流れた。

「あら、シャンじゃない。どうしたの？」

「誰もいない？」

その部屋にメメルしかいないことを確かめてから中に入る。

「誰かに聞かれたら、まずい話なのかしら？」

座りなさいと、メメルは自分の隣にある丸い椅子を促した。この椅子はお尻の部分がくるくる回るから、メメルが診察をする時に便利らしい。

「それで？　今は誰もいないから大丈夫よ。漆黒のほうの頼み？」

（さすがメメルお姉さま。話がわかっていらっしゃる）

こくこくと細かく頷いた。

「メメルお姉さま。事後避妊薬をください。神様、メメル様」

まるでメメルを拝むかのように、額の前で両手を合わせ、頭を下げる。

「え？」

メメルは口をぽかんと開けて、シャンテルを見つめているがなにも言わない。その沈黙が怖い。

シャンテルが顔を上げると、メメルは高速瞬きをしていた。

「メメルお姉さま……？」

いつもと違う彼女の行動にシャンテルも思わず動揺してしまう。

「シャン。あなた……、相手は誰？　団長？　それともローガン？　その二人であるなら責任を取ってもらいなさい」

いきなりメメルはシャンテルの肩を掴み目を覗き込んできたメメルの瞳に映り込むのはシャンテルの顔。メメルの中の自分と目が合う。

それくらい真剣に、メメルはシャンテルの目を見ていたのだ。

「メメルお姉さま。違いますよ。団長でもローでもありません。しかもよりによって、なんで、その二人になるんですか」

「はあ？　あなた、気づいてなかったの？　あの二人、あなたの処女を狙ってたのよ」

目の前にメメルの顔があるにもかかわらず、シャンテルは思わず噴き出しそうになってしまった。

（よかった……。ご飯を食べている途中ではなくて）

もし、なにかを口に含んでいたら、目の前のメメルの綺麗な顔に、それを噴きかけているところだった。

「え、えーー⁇　今、その二人にもその話をしてきたところですけど、そんな素振りは一切ありませんでしたね。団長なんて、私を五番目の妻にするとかって、わけのわからないことを言ってましたよ。まだ、一人も妻がいないというのにもかかわらず」

「じゃあ、きっと悔しかったのね。ほかの人にとられちゃって」

肩から流れた黒髪を、メメルは手でかきあげた。

「あの人たちが興味あるのは、私の遺伝子だって言ってましたよ」

「まあ。子どもみたいな言い訳だけれど……。あ、なるほど。そうか、そういうことね」

メメルは勝手に一人で納得している。

彼女がなにに納得したのか、さっぱりわからない。「うーん」と唸って両手で頭を抱え込む。メメルの言葉で頭が痛くなってきたような気がする。

「薬はすぐに渡せるけど。その前に、診てもいいかしら？」

そう言ったメメルの顔が怖かった。さらに頭痛が酷くなってきたような気がする。

だが、シャンテルはすぐさま両胸の前で腕を組む。それはメメルからその胸元を守るためだ。

「アニ姉さんにも見られて、メメルお姉さまにまで見られたら。私、お嫁にいけないじゃないですか」

「大丈夫よ。その時は団長でもローガンでも、好きなほうにもらってもらいなさい」

好きなほうと言われても、あの二人はそういった対象ではない。

（むしろ、あの男のほうが……）

カウンター席の男を思い出し、はっとする。別に彼に責任を取ってもらうつもりはない。ただ、ガレットとローガンと比較したら、という意味だ。

その様子をじっとメメルが無言のままで見つめていた。

胸元を押さえたシャンテルも、じっとメメルを見つめ返す。

だが、負けたのはシャンテルであった。メメルの視線に耐え切れず「お願いします」と口にしてしまう。

メメルはテキパキと事務的に診察を行う。シャンテルは言われるがまま、事務官服の前のボタンを外していく。

メメルが手を伸ばし、下着を下からペロンとめくった。顔をしかめた彼女がシャンテルに言いたいことはたくさんあるのだろう。それでも診察の間だけは事務的だった。それがシャンテルにとってせめてもの救いだった。

「はい。とりあえず、これが事務後避妊薬。やってから一日以内だったら、確実に効くから。それから」

メメルは事後避妊薬の小瓶と、大きな貝殻に入っている謎の軟膏(なんこう)を手渡した。

「あなた。いろいろやられちゃっているみたいだから。その軟膏(なんこう)が痕(あと)消(け)し薬。メメル様特製だからね。その辺では売ってないわよ」

「ありがとうございます。メメルお姉さま。メメルお姉さまが女神様のように見える」

小瓶と貝殻を受け取って両手で挟みながら、すりすりとメメルを拝む。

「あとね。ほんと、流されないようにしなさいよ」

ウインク付きでメメルに言われてしまって大いに反省する。

(ごめんなさい……)

シャンテルは心の中で呟(つぶや)いたものの、誰に対して謝ったわけでもない。

ただ自分の行為に対する謝罪であり後悔であり反省であった。

そして、メメルからもらった小瓶を開けると、中の液体をゴクリと飲み干した。

メメルに礼を告げて、シャンテルは隣の事務官室へと向かう。事務官としての仕事は、ローガンと交代になる。

ローガンから今日の仕事の引継ぎを終えると、彼は「おつかれさまでしたぁ」と言って帰っていった。

（とりあえず、この書類を確認して……。必要なものはあそこへ持っていって……）

ローガンから引き継いだ仕事の内容を、シャンテルは頭の中で考えていた。

そもそも事務官としての仕事は片手間のようなものであるため、ほんの数時間の勤務である。むしろ本番は夜のお仕事だ。そう表現してしまうと語弊もあるが、間違いではない。

「おい、シャンテル」

彼女の名を呼んだのはガレットである。彼も今は事務官長としてこの場にいる。漆黒騎士団の団長ではない。

「急で悪いが。これを陛下の元へ持っていってくれないだろうか」

「はい、承知いたしました。ですが、ガレット官長ではなく、私が伺ってもよろしいのでしょうか？」

基本的に国王直々の事務的な仕事はガレットが担当する。もちろんそれは、ガレットが漆黒騎士団の団長だからだ。事務官としての仕事をしている間にも、国王から漆黒騎士団への依頼があるかもしれないためである。

「仕方ない。今回の件は陛下からのご指名だからな」

ガレットがため息をついた。

「先ほど、国王のところに私が行ったんだがな。私では不満なようだ。シャンテルがいるならシャンテルを寄越せと、下心丸出しで言われた」

下心丸出し……？

国王のことだからえっちぃほうの下心ではなく、なにかほかに企んでいるのだろう。それに巻き込まれるのは不本意であるが、国王からのご指名とあれば断ることもできない。

そして間違いなく、シャンテルはその期待を裏切らない。自分ではそのつもりはないのだが、なぜか周囲の期待に応えてしまう。

そういった意味でも、シャンテルは優秀なのだ。


ハヌーブ城は王都を見下ろせるように少し小高い場所に建っている。白い城壁と霞色(かすみいろ)の無数の塔が特徴的な城である。塔は円筒であったり四角塔であったりする。各階を繋ぐ螺旋(らせん)階段も二重構造となっており、下りる人と上る人がすれ違わない造りになっている。これが、漆黒騎士団にとっては都合がよい。

国王の執務室は城の奥にある四角塔の二階にあった。その一階に漆黒騎士団たちの仮初の姿である事務官室がある。

漆黒騎士団の事務官室が一階にあるのは、侵入者を事前に防ぐためだ。事務官でありながらただの事務官ではないのだから。

シャンテルは螺旋(らせん)階段を上がって国王の執務室へと向かう。扉の前に立つと、コンコンコンコンと叩いた。

「はい。開いているよ」

つまり、扉に鍵はかかっていないから、勝手に入ってこいという意味である。

シャンテルは扉の取っ手に手をかけ、扉をガチャリと開けた。

「陛下、書類をお持ちしました。あ、失礼いたしました。来客中でしたか」

国王は執務席ではなく、その前にあるソファ席のほうに座っていた。

執務室は白い壁に金色の装飾が施されており、ワイン色の毛の長い絨毯(じゅうたん)が敷かれている。以前、シャンテルはこの絨毯に足をとられて派手に転んだことがある。さらに今日は来客中だ。

転ばないようにと細心の注意を払う。

「書類はいつものところに置いておいてくれ。それから、お茶の準備を頼みたいのだが、頼まれてくれるか？」

「承知いたしました」

どうやら国王の狙いは、シャンテルの淹(い)れるお茶であったようだ。

手際よくお茶を淹れ、いつものところからお茶菓子も準備する。国王からのこういった依頼はたまにあるため、毎朝、担当の事務官が準備をして置いておく。

彼女が二人の前にお茶を出すと、客人はペコリと頭を下げた。金色の前髪をあげていて、うしろの髪は短い尻尾のように結んでいる男である。

「やっぱり、君の淹れるお茶は格別だね」

国王は目尻を下げて喜んでいた。

客人もそれを見て心を許したのか、一口お茶を含んだ。空色の目が大きく開かれた。

その様子を楽しそうに国王が見ている。

「どうだ？」

「ああ、美味い。なんだろう。そう、そうだ。今、ほしかった味だ」

客人が言うと、なぜか国王が嬉しそうに「そうだろう」と言う。

シャンテルは端っこでペコリと頭を下げ、その場を立ち去ろうとした。

「すまない。もう一杯いただけないだろうか」

客人からお代わりを要求されてしまった。そうすると、国王も同じようにお代わりがほしいと言う。

仕方ないのでもう一杯お茶を淹れる。本当はさっさとこの場から立ち去りたいのだが、相手が国王であるため我慢をしている。

「君は、一人一人、お茶の淹れ方が異なるのだな」

シャンテルの手元を見つめていた客人がそう言った。

発言してもよろしいですか、という意味を込めてシャンテルは国王を見上げた。国王の前で発言をする時は、必ず許可を取らなければならない。

国王は黙って頷いた。発言を許可するという意味だ。

「はい。今、その人が飲みたい味を出せるように、飲む人によって淹れ方を変えています」

こうやって、その人の食べたいような味がわかるのも、シャンテルの特殊能力の一つである。ただ、彼女自身は特殊能力だと気づいておらず、普通のことであると思っている。

彼女の特殊能力を知っているのは団長であるガレットと副団長のアニトラ。そして、国王の三人である。

残念なことに、国王にまで知られてしまったため、こうやってお茶淹れのためだけに彼から声がかかってしまうのだ。

そしてシャンテルはこの特殊能力を、夜鳴亭でも知らぬうちに発揮していた。

「彼女は事務官だが、そういった心遣いができる人間だ」

そこでシャンテルはペコリとまた頭を下げた。『もったいなきお言葉を』と口にすべきかもしれないが、発言をするためには国王の許可が必要である。それを求めるのも面倒だと思った彼女は、頭を下げるだけにとどめた。

それに、二回もお茶を淹れたのだから、そろそろこの場から離れたい。

そんな思いを込めて、視線を国王に向けた。彼もそれを察してくれたのだろう。黙って頷いたため、シャンテルはやっとこの場から離れることができた。

部屋を立ち去る彼女の姿を、彼はつい目で追ってしまった。心に決めた女性がいるにもかかわらず、なぜか彼女から目が離せなかった。

そんな自分に嫌気がさして、目の前の国王に視線を向けられない。

国王の前に座っている彼は、国王とよく似ている。金色の髪と紺色の瞳の国王に対して、彼は空色の瞳で目の前の彼よりも薄い色の瞳だった。その瞳の色の違いさえ除けば、顔の造形はほぼ似通っている。

「それでグレイク。こちらに戻ってきて、身体も心もズタボロだったからという理由で、二か月の休みをあげただろう。そろそろ復帰するというこの時期に、また休みを延長したいというのはどういうことだ？」

グレイクと呼ばれた男が、ゆっくりと顔を上げた。そしてすぐに視線を下に戻す。

「兄さんに俺の気持ちなんてわかるものか」

はあ、とそこで大きく息を吐く。

「逃げられた……彼女に……」

「逃げられた？　前から言っていたあの女性に、か？」

グレイクは口をへの字に曲げて目の前の兄である国王を見た。

国王は今にも笑い出しそうな顔をしている。人の不幸は蜜の味とはよく言ったものだ。そして、とうとう笑い出した。

「ぷっ、ふふふふ。ははははは……。逃げられたのか？　お前が」

あまりにも声をあげて笑われたため、グレイクは口をへの形にしたままじっと国王を睨む。

国王によく似ているグレイクと呼ばれた男は、国王の弟である。彼は今、白銀騎士団に所属している騎士だ。

国境での隣国ザウボ国との睨み合いがあったため、一年半ほど国境付近で任務についていた。それが解決したから、王都へと戻ってきた。

だが、一年半も隣国と睨み合っていると、心も身体も侵されてしまう。争いは人の身体を傷つけ、心をすり減らす。目に見える傷は治りが見えるからまだいい。目に見えない心の傷を癒すには時間がかかる。そのため、グレイクは二か月ほどの休暇をもらっていた。

「やり逃げされた……」

悲壮感が漂うグレイクから漏れ出た言葉は、見た目の屈強さには似合わぬ言葉であった。

「お前が、やり逃げしたのではなく？」

どちらかといえば、やり逃げするのはグレイクのほうだと言いたいのだろう。

肩を落としていたグレイクはジロリと国王を見上げた。国王は楽しそうに笑っている。

「彼女のほうがやり手だった。一緒に寝ようと思ったら、睡眠薬を飲まされた」

グレイクは頭を下げ両手で抱え込む。

「その寝るっていうのは、ヤるほうの寝るか、普通の寝るかが気になるところだが」

国王は、ふむぅと唸（うな）って、右手で顎を撫（な）でた。

「お前さ。彼女に気持ちを伝えたのか？　言葉が足りないお前のことだから、いきなり押し倒してヤっちまったんじゃないだろうな」

国王のその言葉がグレイクの心にグサッと突き刺さった。

兄に言われて、自分の行動を振り返ると、背中につつっと冷たい風が走る。

だが、彼女だって嫌がる素振りは見せていなかった。あの男たちから助け出そうとした時、彼女は涙を見せた。すなわち、グレイクに心を許したのだ。だが――

彼女に好きだと伝えたか？

彼女に愛していると伝えたか？

彼女に一緒になってほしいと伝えたか？

自問自答してみるものの、その答えはすべて『否』である。

「あ」

グレイクが声を漏らすと、向かいの国王は盛大にため息をついた。一度大きく息を吸ってからのわざとらしいため息である。

「それは、やり逃げされたんじゃなくて。純粋に逃げられたんだろ。お前の側にいるのは危険だと、その相手が判断したのではないか？」

右足を上にして足を組んだ国王は、その上に肘を置いて頬杖をついた。その態度は『呆れた』と言っている。

「いや、だが……。責任は取る、とそう伝えた」

グレイクの一言で、国王も察したところがあるようだ。

グレイクも自覚した。言葉よりも先に手を出してしまった自覚だ。

「では、私のほうからいくつか質問しよう」

大きく息を吐いてから、国王が尋ねる。

「彼女の名は？」

「シェイン」

グレイクはすぐさま答える。

名前は知っている。いつも夜鳴亭で働いている彼女は、店の者からも客からも『シェインちゃん』と呼ばれ、親しまれている。自分が彼女の名を口にしたのは、昨夜が初めてだった。

「姓は？」

国王のその問いに、グレイクは目線を下げた。首を横に振る。

「知らない。名前しか」

「年は？」

その問いにも首を横に振る。

「知らない。恐らく、俺よりは若い」

「どこに住んでいる女性だ？」

「知らない」

「知らないばっかりだな。そもそも、彼女はお前のことが好きなのか？」

グレイクがまた顔を上げ、助けを求めるかのように国王の顔を見た。

グレイクでさえ彼女に自分の気持ちを伝えていないような状況で、彼女の気持ちを確認するような流れになっただろうか。彼女もグレイクに対して気持ちを伝えてくれただろうか。

もちろん、なっていない。彼女は彼を受け入れてくれたが、ただそれだけだ。

「はあ」

国王は激しく息を吐き、頭を押さえた。

「お前なぁ……。それは強姦(ごうかん)じゃないのか？」

「ち、違う。彼女だって、俺を受け入れてくれた」

「国王の弟でかつ白銀の騎士が強姦とか、やめてくれよ？　もみ消すほうの身にもなってくれ」

そこで国王はジロリとグレイクを睨んだ。

「とにかく彼女に会って、話をしろ。まあ、家もわからないんじゃ、これから会いに行くこともできないだろうが」

その言葉から察するに、彼はグレイクにはなにも期待していないのだ。場合によっては『もみ消す』ために動くかもしれない。

それでも家どころか名前しか知らない相手であることは事実であるため、反論する余地もない。

だが彼女について知っていることはある。

「彼女の仕事先ならわかる。仕事が終わったところを捕まえる」

「そのまま攫って、襲って、孕ませるなよ」

国王とは思えない言葉だが、彼から見れば今のグレイクはそう見えるのだろう。

言葉よりも先に身体が動いてしまったのも事実であるため、言い訳もできない。

「恐らく彼女は魔導士だ。魔導士の彼女がなぜ、あんなところで働いているのかもわからないのだが」

「ほぅ」

グレイクの言葉に国王は面白そうに目を細めた。

魔導士。それは魔力を備え、魔法と呼ばれる不思議な力を操る者。魔力を備えている人間がそもそも少ないのだから、魔導士は貴重な存在。

「それは、私も興味があるな。その魔導士はどこで働いているのだ？」

国王が身を乗り出した。国で把握していない魔導士がいる。となれば、彼が興味を示すのも仕方ない。

「夜鳴亭という大衆酒場だ。あそこは、飯が美味い。いつも、俺が食べたい物を出してくれる」

ひくりと、国王の眉が動いた。やはり、魔導士と思われる彼女に興味を持ってしまったようだ。

「グレイク。その、彼女の名前はなんだったかな？」

「シェインだ」

隠す必要もないし、彼に伝えれば見えない力で彼女を探し出してくれるかもしれない。そんな気持ちも働き、グレイクは彼女の名前を口にした。

「ほう」

頭を押さえていた国王の手は、いつの間にか興味深そうに顎を撫で上げている。

夜鳴亭という大衆酒場で働いており、魔導士かもしれない少女で名前がシェインということ。

それがグレイクの知っている彼女だ。黒色の髪はいつも二本の三つ編みに結わえており、大きな眼鏡をかけている。眼鏡の下には、太陽のように輝く赤い瞳があった。

彼女の魅力を隠すための変装だろうとは思っていた。

ああいった大衆酒場にはさまざまな客がやってくる。そのため、自らの身を守るために冴えない格好をして働いているに違いない。

髪を解き眼鏡を外した彼女の姿は、息を飲むほど美しく、あらためて心を奪われたのだ。

彼女との思い出の余韻に浸っているグレイクは、そんな彼を楽しそうに見つめている国王の視線には気づかなかった。

国王の呼び出しに耐えたシャンテルは、そのままガレットから禁書庫の鍵を受け取った。

禁書庫とはその名のとおり禁書を集めている書庫である。禁書とはすなわち一般的な閲覧が禁止されている書物のこと。政治犯や殺人犯の記録であったり、残虐性の高い禁忌魔法を記した魔導書であったり、それらが禁書庫には収められているのだ。

禁書庫は地下にあるため、必ず事務官室の前を通る必要がある。また、禁書庫の鍵を管理しているのもガレットであるため、漆黒騎士団は禁書庫番でもあった。

重々しい扉の鍵穴に鍵を挿し込み、ガチャリと回す。利用者が少ないためか、鍵が少し重く感じた。鍵の開いた扉を押せば、かび臭い匂いが扉の隙間から染み出てくる。

少し顔をしかめたものの、頻繁に利用する場所ではないため、この臭いも仕方ない。換気のために扉を開けるのも、扱っている書物のことを考えれば褒められたものではない。

つんとした独特の臭いの空間を、シャンテルはコツコツと足音を立てて歩く。

目的の書物は、国内関係者名簿。これは貴族名鑑とは異なり、貴族以外の者たちの名前も記されている名簿だ。

ハヌーブ国では、生を受けた者は教会から祝福を受ける。また生を失った者は教会によって死を確認される。それの記録を記したものが国内関係者名簿と呼ばれるものなのだ。

シャンテルは禁書庫の一番奥の書棚へと向かい、名簿が並べられている棚の前に立つ。

なにしろハヌーブ国の全国民の名前が記してある名簿だ。一冊や二冊どころではない。

膨大な数の名簿の中から、あの男を探し出すのであれば、ある程度情報を絞る必要がある。

対象は王都内関係者。三日に一度の頻度で夜鳴亭を訪れていることから、あの周辺で仕事をしているか、住んでいるかだろう。

来店時間もだいたい二十時から二十一時前後が多い。彼は必ずあそこで夕飯をとる。酒類は飲まない。ゆっくりと食事を楽しんで、酒類ではない飲み物とおつまみで時間を過ごしている。

きっと仕事帰りに食事をしているのだろう。

ここでシャンテルの特殊能力が発揮される。その能力とは速読、かつ情報抽出である。

速読はその名のとおり、文字を読み取る速度が速いこと。情報抽出とは、膨大な文字から必要な言葉や図柄を抜き出すという能力である。彼女はその二つの能力が非常に高い。

例えばガレットが『だいたい十年前に起こった、強盗殺人の資料がほしいのだが。確か、場所はプエルタ地区だったかな』と口にしただけで、膨大な資料の中から該当資料を見つけ出して、さらっと彼に手渡すのだ。

彼女は目を見開いて、ぱらぱらと名簿をめくっていた。名簿は上級貴族であればあるほど情報量が多く、対象人物の顔の絵が載っていることもある。これは、さまざまな手続きをする時の資料を複製しているためだ。

この顔の絵というのは、画家が手描きしたものの複写ではなく、魔導士が念じることでその顔の絵が瞬時に紙面に表れるものである。つまり、見たままの真実を写し取ることから、魔導写真とも呼ばれている。

ちなみにこの魔導写真の術だが、シャンテルは使うことができない。だから今、彼女は魔導写真器と呼ばれる魔導具を作ろうとしているところなのだ。

「レイ、レイ、レイ……」

集中して物事に取り組もうとすると、それ以外の制御というものはおろそかになるらしい。ついついシャンテルも独り言を口にしながら、名簿を見ていた。

「レイ、レイ、レイ……」

そんな掛け声と共に、一定のリズムで用紙をめくっていく。一頁の閲覧に二秒もかかっていないだろう。つまり、五百頁ある名簿一冊を確認するために必要な時間は千秒であり、分に直せば二十分足らず。

レイという愛称の男でまず引っかかったのは、やはりレイトンだった。彼は王立図書館の司書である。その名の下に写っている顔は、残念ながらあのカウンター席の男ではなかった。やはり、さっぱり顔のイケメンであり、ワイルドイケメンとはほど遠い。

次に目についた名前はトレイシー。なんとか大臣の息子だ。目つきが鋭く、線の細い顔をしているため、ワイルドイケメンからはかなり外れている。そしてトレイシーは肩幅が狭い。あの胸元に抱かれた時、彼の肩は広くてがっちりとしていた。

そんなことを思い出してきゅんと胸が疼(うず)いた。あの男を探すために必要な情報であるとわかっているが、彼を思い出すと胸が締め付けられるように痛む。

軽くかぶりを振る。

一冊目の確認が終われば、二冊目に手を伸ばす。そして、それが終わればまた次を確認する。それを繰り返す。

そうやって集中していたため、誰かがこの書庫に入ってきたことにさえ気づかなかった。

「シャンテル」

声をかけられ、シャンテルは大きく肩を震わせた。顔を強張らせ、ゆっくりと振り返る。

その顔を見て、少し安心した。

「ガレット官長。どうかなさいましたか」

声をかけてきた人物がガレットであることがわかると、ほっと表情を緩めた。

だが、わざわざこんなところまで彼が来る理由はなんだろうか。

ガレットの目つきが鋭くなった。

「どうかなさいましたか、ではない。君の勤務時間はとっくに過ぎている。それでも帰った気配がないから、わざわざ私がっ。わざわざこの私が、ここまで様子を見に来た、というわけだ」

同じ言葉を二回口にした。よっぽどその件を伝えたかったのだろう。

「え。もうそんな時間なんですか？」

だがガレットが一番伝えたかった内容に気づかなかったシャンテルは、定刻の時間が過ぎてしまった事実に目を見開いた。

「やっぱりな。君のことだから、時間を忘れていると思っていたよ。これからの仕事が本番なんだ。さっさと部屋に戻って、休め。いいな、わかったな。拒否権はない」

「はい……」

これだけの勢いではっきりと言い切られてしまうと、『もう少し』と粘ることすらできない。となれば、これ以上の作業はあきらめるしかない。

手にしていた名簿を書棚に戻すと、とぼとぼとガレットのうしろをついて歩く。

先ほどよりもかび臭さを感じなくなったのは、長く禁書庫にいたため、鼻が慣れてしまったのだろう。

扉を開けて回廊に出ると、澄んだ空気を感じた。

「あ、ガレット官長」

禁書庫の扉に鍵をかけたシャンテルは、ガレットを呼んだ。

「名簿に名前がない人というのは、あり得るんですかね？」

シャンテルは、ガレットが差し出した手のひらの上に鍵をのせた。

「なかったのか？」

ガレットは鍵をしっかりと握りしめると、横目でシャンテルを見下ろした。

「あ、はい。この王都に所在を持つ者たちの名簿の中にはありませんでした」

カツカツと二種類の足音が回廊に響く。

「ならば、考えられることは……」

歩きながら、ガレットは腕を組んだ。

「最近、この王都に来た人物、ということか？」

「あー、やっぱりそのパターンか」

ガレットの言葉を聞いて、シャンテルはいきなり大声を出した。

かぁ、かぁ、かぁと、回廊内に反響してしまうほどの大声だった。だが、この地下にはほかに誰もいないので、咎められることはない。

「なんだ？　心当たりはあるのか？」

シャンテルの大声にも動じず、ガレットはシャンテルを見下ろしたままだ。

「いえ、あのレイって男があそこに来るようになったのが、だいたい一か月前なんですよね。今の話を聞いたら、時期が合うかな、と」

名簿にも更新頻度というものがあり、その頻度は四半期に一回なのだ。つまり、一か月前から夜鳴亭に現れるようになったあの男が、名簿に名前が載っていないのも充分に考えられた。

むしろ、この王都に昔から住んでいた者ではないことがわかっただけでも収穫と捉えるべきだろう。

「まあ。相手の素性がわからないのであれば、気をつけるに越したことはないな」

「はあ」

気の抜けた返事しかできないのは、どうやって気をつけたらいいのか、なにに対して気をつけるべきなのかがさっぱりわからないからだ。

事務室に戻ると、時刻は十七時を過ぎたところだった。この時刻は、ガレットが指摘したとおり事務官としての仕事はとっくに終了している時間である。ほかのメンバーはさっさと部屋に戻ってしまったようだ。

最後の一人となったシャンテルは、事務室に鍵をかけた。鍵は、ガレットに預ける必要があった。

「では、お先に失礼します」

ガレットに挨拶をしたシャンテルは、今日の事務官としての仕事を終えた。

それでも彼女はなにか大事なことを忘れているような気がしてならない。部屋に向かう間も、なにを忘れたのかを必死で思い出しながら歩いていた。だが、思い出せない。

部屋に戻り、ほっと息を吐く。着替えるために、堅苦しい事務官服に手をかける。

(お、思い出した)

ローガンになんとかしろ、と言われた情事の痕だ。アニトラには見事にやられた、と言われた鬱血痕。

このままではいつもの潜入調査に行けないではないか。この痕を隠すことができるような服は、残念ながらこの事務官服くらいである。

シャンテルが持っているワンピースは首元が開いているものが多いが、それは普通のデザインのワンピースである。せめて鎖骨の上辺りまで隠せるワンピースをとも考えたが、そのようなワンピースは持っていない。むしろ、そのデザインのほうが一般的ではない。

(どうしよう、どうしよう)

ごそごそと上着のポケットを漁ると、なにか固い物に触れた。取り出すと、メメルからもらっていた軟膏であった。

メメルは痕消し薬と言っていたが、塗ってからどのくらいで効果が出るのだろう。

夜鳴亭での潜入調査までに間に合うだろうか。

急いで事務官服を脱ぎ捨て下着姿になると、浴室にある鏡の前に立った。そこに映る自分の姿を見ながら、メメル特製軟膏を赤紫色の痕に塗りつける。

一番消したい場所は首元。つまり、ワンピースを着ると見えてしまうところだ。

最悪、そこさえ消せればいい。もし消えなかったら、首元まで覆うような服であの酒場に行かなければならないことはわかっているのだが、そうなると先ほどの事務官服になってしまう。だが、事務官服姿のまま酒場で働けない。つまり、潜入調査はできない。

そんなことを考えながら、目につく痕に軟膏(なんこう)を塗っていく。最後まで塗り終えて、もう一度鏡の中の自分を確認すると、首元の鬱血痕がすでに消えていた。

「え、すごい」

別にシャンテルは寂しがり屋ではない。この部屋にいる時は、あまり独り言を言わない。調べ物とか魔導具を作っている時のように集中している状態でポロリと出てくる。だけど今はその状態でもない。

それでもついつい口から出てしまった驚きの言葉なのだ。

(神様、メメル様……。ありがとうございます)

メメルには、美味(おい)しいお菓子を持って御礼を言いに行かねばならない。そのついでに、自分一人では塗ることのできない場所に、軟膏(なんこう)を塗ってもらおう。

昨日の反省を生かして今日は前開きではなく、かぶりのワンピースに袖を通した。

髪に触れ、その色を変化させる。艶のある黒色の髪を二つのおさげにして、大きな黒ぶち眼鏡をかける。これで、大衆酒場の店員であるシェインのできあがりだ。

パタンと乾いた音を立てて、シャンテルは自室の扉を閉め廊下へと出た。

「シャン」

その扉の音に気づいたローガンが、隣の部屋から顔だけ出してきた。

「気をつけてね。いろいろと」

「うん。わかってる。今日は、魔力も残ってるから大丈夫。いざとなったら、眠らせる」

シャンテルは彼を安心させるかのように、笑顔を作った。

「くれぐれも、魔導録音器に魔力を注ぎすぎないでね」

ローガンも彼女の笑顔の意味を知っている。だから、彼も笑顔を作る。

「うん……。それもわかってる」

さすがローガンだ。シャンテルのことをよく理解している。


外に出ると太陽は西に大きく傾き、空を夕焼けに染めていた。どの家も夕食の支度を始めているのだろう。どこからともなく、美味しそうな匂いが漂っている。

忙しなく行き交う人たちを横目に、彼女はお店に向かって歩いていた。王城から見下ろすことのできる街の東側にある夜鳴亭も、これから慌ただしくなる。この一角には居住区もあり、王城に通いで働いている者たちが多く住んでいるのだ。

ほかにもさまざまな店が立ち並んでいて、賑やかな場所である。

シャンテルが裏の入り口から夜鳴亭に入ると、店長は忙しそうに仕込みをしていた。お店はあと三十分で夜の部が始まる。

「あー、シェインちゃん。悪いんだけど、二階の片付けお願いできる？　昨日の客ね。暴れて、大変だったんだよ。食器類だけは下げたんだけどね。掃除をお願いしたいんだ」

店長は手を休めることなく動かしていて、シャンテルに見向きもしない。

「わかりました」

彼女らしく元気に答えてから、考える。

（これは魔導録音器を回収する絶好のチャンスでは？）

掃除道具を手にしたシャンテルは、階段を一段飛ばしで勢いよく二階へと駆け上がった。

広間の扉を開け放った瞬間、彼女は店長が言っていたことを理解することができた。

（なんで、椅子があっちのほうに飛んでいるんだろう？　この椅子、背もたれもしっかりとしているから、けっこう重さのある椅子なんだけど……。うわぁ、衝立も倒れているし）

心の中で悪態をつきたくなる状況だ。

一体、なにが起こったのか。首を傾げたくなるような惨状でもある。

魔導録音器の中身を確認するのが楽しみであると共に、その録音器が無事であるかも不安になった。

テーブルだけは元あった場所にそのままの姿で置いてあった。テーブルクロスも乱れた様子はない。きっとテーブルの上に料理や飲み物が置かれていたからだろう。

シャンテルはテーブルに近付くと、裏側に貼り付けた魔導録音器を回収する。このような状況の中で、無事だった魔導具に胸を撫でおろす。

客に見つかって取られたり壊されたりしたらどうしよう、という不安がなかったわけではない。ローガンから、自分の身体と魔導具とどちらが大事なのと責められるくらい、シャンテルにとっては魔導具が大事なのだ。

この魔導録音器もまだ改良が必要だろう。今は手のひらに収まるくらいの大きさであるが、それよりも小型化を目指している。希望としては、小指の爪程度の大きさだ。

(でも、そのためには、あの材料が必要だし……。実験もしなきゃだし)

気を抜けばすぐに魔導具に想いを寄せてしまうのがシャンテルの悪いところでもある。

回収した魔導録音器をエプロンのポケットに忍ばせようかと思ったが、胸元に隠した。くいくいと、胸の谷間に押し込んでみる。

部屋の隅にまで転がっている椅子を起こしてその場に置き、衝立も定位置に並べ、掃き掃除をしてから床にモップをかける。テーブルを丁寧に拭いて、椅子を元の位置に戻せば片付けは終了だ。見違えるほど綺麗になった。両手を腰に当てて、一息つく。

「店長。終わりましたよ」

掃除道具を両手に持って、二階から下りてきたシャンテルは店長に声をかけた。

ちょうど店が開き、すでに客がまばらに入ってきたところでもあった。

「ああ、シェインちゃん。ありがとね。次はこれお願い。一番テーブルさん」

「はい」

しっかりと手を洗って次の仕事に移ろうとしたが、潜入調査というよりもただの従業員になっているのではないか、と思わずにはいられなかった。それほどまで、夜鳴亭の仕事に馴染んでいるのだ。

時間が過ぎるにつれて、店内の席もそれなりに埋まってくる。

この店では、シャンテルのほかにも料理人が三人、給仕が三人、自分を入れて計七人の人を雇っている。そのメンバーが交代で店に出ていた。シャンテルともう一人の給仕の女性が、夕食時の忙しい時間帯のみの短時間勤務であり、そのほかはこの店の専用雇用となっている。

今日の給仕はシャンテルとローナという専用雇用の女性である。ローナはシャンテルよりも少し年上であり、美人だけど愛想がないと客が言っていたが、彼女は愛想がないというよりもクールな女性である。だから客たちも彼女には手を出さない。

そのため、いろんなものをすべてシャンテルが受け止めている。

「シェインちゃん。次は五番テーブル」

店長の声に、シャンテルの心臓はドキリと反応した。

昨日の五番テーブルの三人組が思い出される。一日で忘れられるような出来事ではなかった。だが、今日の五番テーブルは、男女のカップルである。夫婦なのか恋人同士なのかはわからないけれど、その場に甘い空気感が漂っている。

「お待たせしました」

シェインは慣れた手つきで、テーブルの上に料理を並べた。

「ここの料理、すげー美味いんだよ。食べてみてよ」

男が女に料理を勧めている。恋人同士のデートだろうか。

（ちょっと、羨ましいかも……）

シャンテルも自然と頬を緩めてから、そのテーブルを後にする。

カランとベルが鳴って、店の扉が開いた。

「いらっしゃい、ま」

客のほうを向いて声をかけようとしたシャンテルだが、その客が昨日のカウンター席の男――レイであったため、驚いて『せ』を言うことができなかった。

それでも彼は表情を崩さない。いつもと同じむすっとした表情のまま、シャンテルを見ている。席を探しているのだろう。

彼女はにこやかに「こちらへどうぞ」と、昨日と同じカウンター席を案内した。

（こういう時に限って、ローナはほかの客の相手をしているんだよね……）

彼女に助けを求めたかったが、ここで彼との関係を探られても厄介である。仕方なく自分で対応することにした。

レイに水を出すと、彼はいつものとおり「いつもの」と言う。

「はい、いつものですね」

シャンテルは努めて明るく、決まり文句で答えた。

注文を厨房(ちゅうぼう)へ伝えるために、その場から立ち去ろうとした。その瞬間、ガシッと手首を掴まれてしまった。手首を捕まえているのは、もちろんレイだ。

「あの……。昨日はすまなかった」

「あ。はい」

彼から謝罪の言葉が出てきたことで、シャンテルの気も抜けてしまった。

だが、あまり長い会話をするとなにかあったのかと周囲に怪しまれるため、返事は最小限にとどめておく必要がある。

「その……。君と少し話がしたいんだ。仕事が終わってから、時間をもらえないだろうか」

「承知いたしました」

客と店員の関係を崩さないような口調で答えた。レイはそれを聞いて胸のつかえが下りたのか、すっと手を離した。

(あんなことまでしといて、今さらなにを話したいっていうの？)

彼女の心の中は憤っているものの、それは怒りというよりは文句に近いものだった。

だが今は仕事中であるため、その気持ちを顔に出さない。

「はい、これカウンター席ね」

店長の声が聞こえてきたため、シャンテルはちらりとローナを探した。だが、残念ながら彼女は近くにいなかったため、結局シャンテルがその料理を手にした。

「はい、お待たせしました。いつものです」

ハヌーブ国は大陸の中心にあるため、海産物は高級食材となる。その代わり、肉類が豊富であり、この夜鳴亭でも肉料理を中心に提供していた。

レイが口にする『いつもの』も、ハヌーブ国内で生育している動物の肉料理である。

シャンテルがテーブルの上に料理を置こうとすると、レイは少し身を引いた。

「今日は、こちらの塩で食べるのがオススメです」

その言葉に彼は顔を綻ばせた。

同じ料理であっても、シャンテルはこうやって一言添えるのだ。彼女がなんとなく感じる『その人が今食べたい味』によって、かける言葉も変えている。

不思議なことに、シャンテルの言うとおりに食べてみると、同じ料理であるはずなのに味が変わるとも言われている。

夜鳴亭は酒場であるが、食事も美味(おい)しい。その美味(おい)しさの秘訣(ひけつ)に一役買っているのもシャンテルなのだ。シャンテルがここで働き始めてからは、酒を飲まずに食事を楽しむ者がより増えた。

今のように、お店が始まったばかりの時間帯には子連れの客もいる。そういった客には酒類を勧めないようにと店長から言われていた。

(今日は、いつもより早いよね)

レイはいつもであれば二十時頃にこの店を訪れている。だが今日は、それよりも一時間も早い。シャンテルの仕事が終わるまでは、まだ三時間ほどある。

それでも彼は、酒ではない飲み物とつまみで、彼女の仕事が終わるまでゆっくりと時間を過ごしていた。店に入れないほど客が待っている時であれば、声をかけて席を空けてもらわなければならないと思っていたが、今日はほかの席の回転率がよかったため、そこまでする必要もなかった。

「シェインちゃん。今日はあがっていいよ。明日は休みだよね」

店長にそう声をかけられたシャンテルは元気に返事をして、エプロンを脱いだ。

「お疲れさまでした」

店の中に残っている料理人とローナに声をかけて、裏口から出る。

店内が熱気に溢(あふ)れていたためか、ひんやりとした空気が心地よい。黒い空には星が輝いているため、周囲がぼんやりと見える。

だからそこで待っていた男がレイであることに、シャンテルはすぐさま気がついた。

「シェイン」

「あ、レイ様」

つい、彼の名を呼んでしまう。

「覚えていてくれたんだね」

彼が照れたように口元を緩め、目尻を下げていた。

「え、と。まあ、はあ」

覚えていたのではなく、忘れたくても忘れられなかったが正解なのだが、そんなに嬉しそうな顔をされてしまうと、少し罪悪感が生まれてくる。

「シェイン。それで、君に話したいことがたくさんあるのだが。その、場所を変えてもいいだろうか」

「え、と。それは」

今日はガレットが迎えに来ると言っていた。

彼はシャンテルがまたレイに捕まることを心配していた。そして、その心配が的中してしまった。

夜鳴亭の近くにいないと行き違いになってしまう。そうなったら、またガレットに怒られる。ガレットが本気で怒ると怖い。

「すみません。今日は、迎えが来ることになっていまして」

「迎え？」

レイが思わず聞き返した。彼の表情が、さっと変わる。

「ああ、シェイン。本当にすまなかった。君に気持ちを伝える前に、あのようなことをしてしまって。その、どうしても……」

レイは慌てている様子だった。そわそわと身体を動かしているし、行き場を見失っている手が彼の前で宙に浮いている。

「シェイン」

別の方向から名を呼ばれた。間違いなくお迎えのガレットなのだが、少し声が違うようにも聞こえた。

声がしたほうに視線を向ける。

「だ、だ、だだだだ」

団長、と言いそうになった言葉をシャンテルは飲み込んだ。

「ダイアナ姉さま」

思わず架空の女性の名を呼ぶ。

「シェイン」

ダイアナ姉さまと呼ばれたのはガレットである。なぜなら彼は、見事なまでに女装をしていたのだ。その声色も女性のものだった。

「迎えに来た。一緒に帰ろうね」

シャンテルだって、ガレットが迎えに来るのは知っていた。昼間にそう言われたからだ。だけど、女装してくるとは思ってもいなかった。思わずダイアナという名を彼に与えてしまった。

ガレットはシャンテルの隣に立つとレイを一瞥(いちべつ)した。レイもガレットをじっと見ている。

「あ、姉です」

シャンテルはにこやかに笑って誤魔化した。

(長身の姉、ということで)

ガレットがレイの前に立つと、少しだけガレットのほうが背は低い。だが、女性であれば背はかなり高いほうに分類されるだろう。

くすりとガレットは艶やかに笑んだ。星の明かりによって作り出される陰影が、その妖艶さをさらに引き立てている。

「昨日、大事な大事な妹がね。どうやら、狼(おおかみ)さんにパクリと食べられてしまったみたいで。それで心配になって迎えに来たのよ」

ガレットの口調は軽いのだが、目は笑っていない。

ガレットはレイを捕らえている。その目は獲物を狩るかのように鋭い。

「もう、お話は終わった。ということで、よろしいかしら」

そこでガレットは小首を傾げた。女性のようなゆったりとした仕草が艶めかしい。

レイが返事をする前に、ガレットはシャンテルの手を掴み、強引にその場から引き離した。シャンテルはレイに向かって、ペコリと頭を下げることしかできなかった。

そんな彼は、あっけにとられたような表情を浮かべていた。

彼から数十歩離れたところで、シャンテルは口を開く。店からも離れ、人も少ない通りだ。

「団長。まさか、そんな格好で来られるとは思ってもいませんでしたよ」

「君が、昨日の相手に捕まっているということも仮定した場合、この格好で来るのが適当であると判断した」

そう発する声は、ガレットに戻っていた。

「はあ……。でもお似合いですね」

シャンテルが褒めると、ガレットは不敵な笑みを浮かべた。

だが、シャンテルにはその笑みの意味がわからなかった。

「今日の件は、国王にも報告しておくが、いいな？」

「え？　あ、はぁ……。まぁ。団長が女装したことについての報告ですよね？」

「私がなぜ女装をする必要があったのかという報告だな。君の昨日の相手は、あの男で間違いないな？」

シャンテルは返事をしないで済ませたかったのだが、ガレットからの視線に耐えられなくなり、黙って頷いた。

それを見たガレットは、満足そうに口元を歪ませていた。

そのままガレットと共に、漆黒騎士団の宿舎へと戻りそこで別れた。

部屋の扉を開けようとした時、隣の部屋のローガンがぬぬっと顔だけ出してきた。

彼はいつも物音で判断しているのだ。それだけこの宿舎の壁は薄い。

「今日は、無事に帰ってこれたみたいだね」

やはり眠いのだろう。ふわっと欠伸を漏らした。

「うん。団長が迎えに来てくれたからね」

「うーん。それも心配だったんだけど。まあ、よかったよ」

シャンテルはローガンのその一言が気になった。

「団長、女装して迎えに来たんだよ!? なんであんな——」

それだけは、どうしてもローガンに伝えたかった。シャンテルは次第に興奮し始めて、その声が大きくなっていく。

ローガンは「しっ」と唇の前で人差し指を立てて、制した。

「なんか、面白そうな話だけど。続きは明日、聞かせて。ここではほかの人の迷惑になるし」

「あ、うん。ごめんね、ロー。じゃ、おやすみ」

シャンテルはしょぼんと下を向いた。

「うん。おやすみ」

ローガンは扉を閉めた。途端、廊下に静けさが戻る。

もう夜だし、あと数時間で日付も変わる。漆黒騎士団の朝は早いため、この時間は休んでいる者たちも多い。

彼女はゆっくりと自室の扉を開けた。

今日も疲れた。本当はシャワーを浴びて寝たいところだが、この姿のままぽふっとベッドに倒れ込んでしまった。一度ベッドの上に横になれば、もう動きたくない。

帰りに会ったレイの表情が脳裏にこびりついて忘れられない。彼は『気持ちを伝える前に』と言っていた。どんな気持ちだろうか。

大事なその『気持ち』を聞き逃してしまったことが悔やまれる。

一度、身体を許してしまったからだろうか。彼のことが気になって仕方がない。

頭の中ではダメだと激しく警笛を鳴らしているのに、心は彼ともう少し会って話をしてみたいと思っている。

(ダメだ、ダメだ、ダメだ……)

シャンテルは強く自分に言い聞かせた。奪われかけている心を封印するかのように。

(漆黒の任務としてあそこに潜入しているのだから。余計なことに気を取られてはいけないんだって)

そうやって考えていると、瞼(まぶた)が次第に重くなる。それに抵抗することはできず、そのまま眠りに落ちた。

頬を刺す光で目が覚めた。じんわりと額が温かいし、瞼（まぶた）の裏も明るい。

いつの間にか朝になっていたらしい。帰宅してからあのまますぐに眠ってしまったようだ。

（よく寝たかも）

両手をあげて伸びをすると、今日は身体が軽い。

（睡眠、大事よね）

シャワーを浴びるために浴室へ向かう。昨日の服を脱いだ時に気がついた。メメル特製の痕消し薬の効果は絶大で見えるところの鬱血痕は消え去っていた。身体をよじって背中を確認すると、そちらには少しだけ痕が残っている。

シャンテルは今日の予定を確認しながら、シャワーを浴びる。

事務官としての仕事はお昼過ぎからだ。さらに今日の潜入調査はない。

だが回収してきた録音器の中身を確認しなければならない。これは一人で確認するような内容ではないため、少なくともガレットと漆黒のほかの騎士たちも同席している場がいいだろう。

そこまで考えて、シャワーをきゅっと止める。身体を拭いて、新しい着替えに袖を通す。

汚れたものは侍女に渡すと洗濯をして返してくれる。だが、シャンテルは下着だけは自分で洗っていた。

侍女に渡す物と自分で洗う物とを分けて、食堂へ向かう準備をする。銀髪は手早く一つにまとめた。

今日こそはローガンより先に準備を終えて彼を迎えに行こうと思っていると、コンコンコンとリズミカルに扉を叩かれた。

「おはよう、シャン」

「おはよう、ローって。うわー。今日も負けた」

シャンテルが頭を抱えると、ローガンは目を真ん丸にして不思議そうな表情を浮かべる。

「今日こそは私がローを誘おうと思っていたのに」

「まだまだだね」

ローガンはふふっと勝ち誇ったような笑みを浮かべた。

むぅと唇を尖らせ、少し不満ではあったが、並んで食堂へと向かう。

「そういえばシャン。昨日の夜、団長のこと、なんか言ってなかったっけ？　寝ぼけてて、ほとんど覚えてないんだけど」

「そうそう。そうなのよ」

シャンテルは首を大きく左右に振って、周囲に人がいないことを確認する。

「昨日、団長が夜鳴亭に迎えに来てくれたのはよかったんだけどね。女装してきたの」

「は？　ごめん。迎えに行くからの女装の流れがわからないんだけど」

ローガンの疑問は正しい。あの場でガレットの女装を見た自分だってそう思ったのだ。

「えっとね。とにかく団長が女装してきたのよ。いつもの団長じゃないっていうか。とにかく、迎えに来たのが女の人だったの。だけど、中身は団長だよ」

シャンテルの言っている意味は、ローガンにもなんとなく伝わったようだ。

「でもさ。なんで団長はわざわざ女装してきたわけ？　もしかして、団長の趣味？」

「じゃないと思うけど？」

趣味であれば、もっと頻繁に女装をしているだろう。だが、ガレットの女装を見たのは昨夜が初めてだった。あれは一種の特技ではないのだろうかと思ってしまうほど、見事な女装だった。

「それがさ。いつもは三日に一回しか来ない、あの男が。昨日も来たんだよね」

「あー、シャンを美味しく食べちゃった男？」

しっと、シャンテルは唇の前で人差し指を立てて制した。

「どうせ、誰もいないじゃん」

ローガンは両手を頭のうしろで組んだ。

シャンテルは大きく首を振って、誰もいないことを確認した。まだこの回廊には人がいない。

「団長が言うには、その男がいると思ったから女装してきたんだってさ」

「うわー。意味がわかんない」

「でもね。ちょうどその男から話があるって言われて、呼び出されたところに団長が来たから、団長の推測もあながち間違っていなかった、というか」

「は？　その男に呼び出されて、また食べられちゃう気でいたの？」

シャンテルはジロリとローガンを睨んだ。

「話したいことがあるって言われたの」

「そんなの常套句でしょ。ダメだよ、その口車にのってついていっちゃ」

食堂の近くまで辿り着くと、視界に人の影が入るようになってきたため、この話はここで終了である。

「あー、お腹空いた。なに、食べようかなー」

シャンテルは銀トレイを手にする。食堂では漆黒騎士団に絡む話は厳禁だ。ただの事務官として振舞わなければならない。

食堂はさまざまな人が利用する。黄金や白銀騎士団に所属する騎士たちはもちろんであるが、掃除係やメイドたちもここで食事をする。そして彼らは、漆黒騎士団の存在すら知らない。

「やあ、おはよう」

ガレットがシャンテルとローガンの向かい側に座った。席はほかにも空いている。わざわざこんなところに座らなくてもいいのにと思う。

「おはようございます」

ローガンが恨めしそうにガレットに視線を向ける。

「おはようございまーす」

シャンテルは明るい声で答えた。

「今日は朝から調子がよさそうだな、二人とも」

ガレットは楽しそうに笑っている。

「君たち二人は、本当に見ていて飽きないな」

その言葉に、ローガンはむっと唇を尖らせる。

「ガレット官長。報告したい案件があるのですが」

シャンテルが切り出した。

「シャンテル。確か君は、今日は昼過ぎからの勤務だな」

「勤務の後でお願いできれば」

そう言ったことで、ガレットもローガンもなんの報告をしたいのかを察したようだ。

「わかった。時間を作ろう」

「ありがとうございます」

「ボクも一緒に聞きたいな」

ローガンも楽しそうに笑っている。

やっとこの案件が動き出すのだ。楽しくないわけがない。

シャンテルだって、心がわくわくしている。

「人選は、ガレット官長にお任せします」

シャンテルが真面目な顔で呟（つぶや）くと、ガレットは黙って頷（うなず）いた。

朝食を終えてローガンと一緒に宿舎へと戻った。

今日もローガンが早番で、シャンテルが遅番である。つまりお昼までは自由時間だ。もちろん好き勝手して過ごしていいのだが、洗濯と掃除は済ませた。

家事を終えると、外出することにした。メメルに対するお礼を買いに行くためだ。

裏門から出て少し歩くと、美味しいお菓子屋さんがある。王城で働く者たちのお腹の天国ともいわれているお菓子屋さんである。

そこで買ったお菓子を手土産に、メメルの元へと向かった。

「メメルお姉さま。今、お時間ありますか？」

そろりとメメルがいる救護室の扉を開ける。

「あら、シャンじゃない。どうしたの？」

どうやらメメルは薬を煎じていたところらしい。

「今、手が離せないのだけれど。少し待てるのだったら、大丈夫よ」

「昨日のお礼を持ってきたんです」

手土産をメメルに見えるように顔の高さまであげた。

「あら、気が利くじゃない。だったら、お茶の準備をお願いしてもいいかしら。これが終わったら休憩したいと思っていたところなの」

「はい」

笑みを浮かべて返事をしたシャンテルは、メメルの部屋へと入った。お菓子をテーブルの上に置くと、慣れた手つきでお茶の準備をする。

シャンテルはどこへ行ってもお茶の準備を頼まれるタイプなのだ。それを嫌な顔をせずに引き受けるから、頼むほうは次回も頼むようになる。好循環なのか悪循環なのかわからないが、シャンテル自身はそれを気にしていない。

「お待たせ」

薬草を煎じ終わったメメルがシャンテルの向かい側に座った。メメルの休憩用のソファとテーブルである。

「で、どういう風の吹き回しかしら?」

メメルは両手でカップを持つと、お茶を一口飲んだ。

「やっぱり。シャンのお茶は別格ね」

「ありがとうございます」

シャンテルは目尻を下げる。

「あの、メメルお姉さま。昨日は、本当にありがとうございました」

今度はペコリと頭を下げた。

「どういたしまして。それが私の仕事ですもの」

メメルはもう一口お茶を飲んだ。ずっと薬を煎じていたから喉が渇いていたのだろう。

「どう？　効いた？　って見ればわかるけど」

ふふっとメメルは上品に笑いながら、自分の首元を指で示した。それは、『シャンテルの首元を見ればわかる』という意味だ。

「もちろんです」

答えて首を二回縦に振った。

「昨日、潜入調査日だっていうことをすっかり忘れていてですね。危うくそのまま行くところでした」

ふーんとメメルは相槌を打った。

「それでメメルお姉さまに一つだけお願いごとがありまして」

「なにかしら？」

「背中にもこの薬を塗っていただきたいかな、と」

「そのくらい、お安い御用よ」

メメルは楽しそうに笑っている。

「そうそう。それよりもシャン。あなたを食べちゃった男の話が聞きたいんだけど」

シャンテルは学習している。今日は、なにも口に含んでいない。

だから「はっ？」と言うだけで済んだ。

「いえいえ、メメルお姉さま。私の話なんぞ、聞いても面白くないですよ」

「そう?」

疑いの目で見てくるメメル。すでにこの反応がメメルを楽しませていることなど、もちろん自身は気づいていない。

「私としてはね。可愛い妹のようなシャンテルにやらかした男に、説教の一つでもたれてやりたい気分なのよ」

第三章　白銀騎士団部隊長の男

シャンテルはローガンから仕事を引継ぎ、事務官室で書類の整理をしていた。

「シャンテル、ちょっといいか？」

右手の親指を立てて後方を指し示すのはガレットだ。

昨日のことを怒られるのではないかと、ちょっとドキドキしていたが、どうやらそうではないらしい。

「陛下からのご指名だ」

「またですか？」

思わず本音が口をついて出てしまった。

ガレットは苦笑していた。

「どうやら、気に入られたみたいだな」

一体なにを気に入られたのか、シャンテルはさっぱりわからない。

「はあ」

気の乗らない返事をして、ガレットから受け取った書類を手に、国王の執務室へと向かった。

「入れ」

扉を叩くと中から返事があったため、そろりと入室する。

どうやら本日も来客中のようだ。

「書類はいつものところに置いてくれ。それから、お茶の準備を頼みたいのだが、頼まれてくれるか？」

予想どおり昨日と同じ流れであった。シャンテルはお茶を淹れるために指名されたのだ。

「承知しました」

事務的に返事をすると、いつものようにお茶の準備に取り掛かる。

手を動かしながら横目で客人を確認すると、昨日と同じ人物のようだ。二日続けて同じ人物が来るのも珍しい。

「シャンテル」

「はい」

突然、国王に名を呼ばれたため、彼女は条件反射的に返事をしてしまった。

「君も座りなさい」

その言葉を発したのがガレットであれば、『は？　なぜですか？　別に座んなくてもよくないですか？　私、さっさと戻りたいんですけど』と言って逃げることができるのに、よりによって相手が国王であれば素直に「はい」と従うしかない。

だが問題があった。『座りなさい』と言われたがどこに座るのが正解なのか。

「彼の隣に」

国王に促されたため、シャンテルは不本意ながら客人の隣に座った。

目の前の国王は、楽しそうに笑っている。

「シャンテル。彼が誰か、知っているかね？」

その言葉でシャンテルは顔を横に向けて、彼の顔を見る。すると、彼もシャンテルを見る。目が合った。

シャンテルは視線を国王に戻した。

「いえ、存じ上げません。不勉強で申し訳ございません」

シャンテルが淡々と答えるものだから、その客人も「いや」とだけ答える。

「彼はね。次の黄金騎士団の団長のグレイク・サニエル。今はまだ白銀の所属だが」

シャンテルは身を強張らせた。黄金騎士団の団長となれば、間違いなく漆黒騎士団も知ることになる。

黄金や白銀の騎士たちにさえもその存在を知られていない漆黒だが、国王の身辺警護上、黄金騎士団の団長だけにはその存在を明かしているのだ。

今の黄金騎士団の団長はそろそろ四十歳を迎えるところであり、『年齢的に身体がきついんだよね』と口にしていた。

（え、だけど、そんなことのためにわざわざ私を彼の隣に座らせたの？）

国王がなにを考えているかはさっぱりわからない。

「彼、今までは国境にいたんだよね」

その言葉でシャンテルにもピンとくるところがあった。

「あ。もしかして、グレイク様はあのグレイク様ですか？」

ザウボ国との国境で数年にわたって起こっていた争いを、一夜にして制圧してしまったというのは有名な話であるが、それを指揮していたのがグレイク・サニエルという白銀騎士団の男で、彼が鬼神のごとく働いたともいわれている。

「どんな噂が飛び交っているかは聞かないが、恐らく君の思っている人物で間違いないと思う」

国王は楽しそうに笑っていた。

（てことは、白銀での功労が認められて黄金の団長に就任するっていうことか……）

シャンテルはもう一度横目で彼を見た。

どことなく翳（かげ）った表情だが、なかなか整った顔立ちをしている。

「それでね、彼。人探しをしているようなんだけど、協力してもらえないかな？」

国王が頬杖をつきながら、晴れやかな笑顔を向けてくる。

「兄さん」

グレイクが制した。

「兄さん？」

思わず聞き返す。

「まあ、あまり知られていないが、私の義理の弟でね」

義理という言葉が出た時点で複雑な人間関係が想像できたため、それ以上問うのをやめた。深入りしても面倒くさい、というのが本音でもある。

極力面倒くさい案件からは遠ざかっておきたいというのがシャンテルという人間なのだ。

「彼ね。彼女に振られたんだって。このままでは、仕事が手につかないらしい」

国王の目は笑っている。これと同じ目を、最近見たような気がした。

「兄さん……」

グレイクが怒るのも無理もない。見ず知らずの女性の前で、自分の恋愛模様を晒(さら)されてしまったのだから。それにシャンテルだって聞かされても困る。

（もしかして、その女性を攫(さら)ってこいっていう命令なのかな。この国王なら言いそうだし……。相手の人、かわいそうだな……）

シャンテルは黙って目を伏せた。

「ねえ、シャンテル。魔導士団の中にシェインという女性はいたかな？　彼はその女性を探しているんだ」

国王から声をかけられてさっと顔を上げ、真っすぐに目の前の彼を見据えた。

「魔導士団の中にそのような名の女性はおりません。似たような名前ですとシェリルという者がおります」

落ち着いた様子で口にはしたが、国王の口から『シェイン』という名前が出た時に、ドッキンと心臓が大きく跳ねあがった。

だが、それを態度に出してはいけない。そのように漆黒騎士団で訓練されている。

ちらりと隣の客人を盗み見る。

（こんなに見た目が整っていても、女性には振られちゃうんだ。もしかして、性格がすごく悪いとか？　変な趣味があるとか？）

客観的に見てもかっこいい。野性味が溢れる感じがする。それでも女性に振られたとなれば、内面になにか問題があるのだろうか。

（あれ、どこかで見たことあるような気がする。あの前髪を、おろしたら――？）

ゴクリとシャンテルは喉を鳴らした。

「シャンテル。どうかしたのか？」

目の前の国王は、口角をあげて笑っている。

（あ。これ、確信犯だ……）

シャンテルは気づいたものの、やはりそれを態度に出すような真似はしない。

「いえ、どうもしません」

「ちなみに、魔導士団のシェリルという女性はどのような女性だろうか？」

確信犯である国王が、どうでもいいことを聞いてきた。

「彼女は、赤のかかった茶髪で、黒い目をしています。身長は平均よりやや小さめ。炎の魔法を得意としております」

国王は「どうだ？」グレイクに尋ねた。彼は「違う」と首を横に振る。

「俺が探している彼女は黒色の髪で、太陽のように赤い瞳だ。そう、君のような赤い瞳だ。大きな眼鏡をかけている」

シャンテルの喉元が石でも飲んだように苦しくなったが、やはりそれを態度には示さない。

「残念ながらそのような女性は、魔導士団の中にはおりません。お力になれず申し訳ありません。ですが、黄金の団長で王弟殿下となれば、相手の女性にもそれなりの身分が求められると思うのですが」

隣のグレイクに悟られぬように、目を細める。

「そこは心配しなくていいよ。子どもが産めること、それが大前提だから。それに魔法が使えるという時点で、身分はどうでもいい」

心配していませんよという意味を込めて、シャンテルは国王を睨んだ。

相変わらず彼の目は楽しそうに目尻が下がっている。

「用件は、以上でしょうか」

シャンテルは腰を浮かした。この場に長居するのは危険だ。

幸いなことにグレイクはシャンテルが目的の彼女であることに気づいていない。

彼が気づかないのは、シャンテルが事務官服を着ていることと、今の彼女の髪の色のせいだろう。

シェインになるために、魔法で髪の色を変えている。元々は銀髪だが、シェインは黒色の髪であり、一度その色を変えると半日は持つ。魔力切れを起こしても、すでにかけられている魔法には影響はしない。

だから、あの時もずっと彼女の髪色は黒だったのだ。

「そうだね。シャンテル、呼び止めて悪かった。もし、心当たりが思い浮かんだら、すぐに教えてほしい」

「承知いたしました」

シャンテルは頭を下げるものの『誰が教えるか』と心の中は憤っている。

「シャンテル。戻る前にお茶を一杯、頼めないだろうか」

カップを掲げて、国王が言った。その笑顔がとても不気味なものに見えた。

お茶を淹れ終えると、シャンテルはそそくさと執務室を後にした。

彼女が向かう先は一つしかない。

勢いよく螺旋階段を駆け下りる。二重構造の螺旋階段は上ってくる人はいない。

事務官室の隣の扉の前に立つと、ノックもせずに勢いよく開けた。

「だだだだだだ」

「今日は、ダイアナではないが？」

執務席にゆったりと座っていたガレットはニヤニヤしながら答えた。

「団長。あいつだったんです。あいつがいたんです。あの時の男がグレイク様だったんですよ」

シャンテルは興奮しながら、身振り手振りを交えてガレットに訴えた。

だがガレットは非常に冷静である。

「今頃、気づいたのか？」

「へ？」

「昨日、彼に会った時に、私は気づいたが」

「え？」

つまり、ガレットは女装してシャンテルを迎えに来た時に、彼の正体がわかったようだ。

「シャンテル。君、昨日もグレイク殿に会っていたはずだよな？　昨日も陛下の執務室へ行っただろう？」

「はい」

「そして。その夜も会っている。普通、そこで気づかないか？」

「あ、はい。気づきませんでした。って、どこに気づく要素がありますか？」

「いや、あるだろう？　グレイク殿は、君のように魔法で髪の色を変えているわけではないだろう？」

「そう言われるとそうですけど。ほら、前髪の具合が違うじゃないですか」

ガレットはシャンテルにしつこい視線を向けてくる。

「むこうだって、私がシェインであることに今でも気づいていないと思いますが」

それがなにか問題でも？　とシャンテルは目で訴えた。

ぷっとガレットは噴き出した。

「グレイク殿は、かなり前からシェインという女性を探していたようだな」

「なんでそんな情報を団長が知っているんですか？」

「もちろん、情報源は陛下だ。名前は知らなかったが、好きな女性ができてどうしたらいいかわからないと、相談されていたようだ。あれだ。恋煩いとかいうやつだな」

ガレットのニヤニヤが怖い。

「まあ。君の相手がその辺の馬の骨でなかったということだけで、安心したよ」

「いやいやいやいや。安心しないでくださいよ。私としては名乗り出るつもりはありませんし、先日の件はなかったことにしようと思っていますので」

「むこうなら一番目の妻として娶（めと）ってくれるのではないか？　それとも私の五番目の妻がいいか？」

「どちらもお断りです」

この任務が終わったら、シェインとしてグレイクと会うことはなくなるだろう。

シェインという人物はこの任務後は永遠に封印すると、シャンテルは心に決めた。

十九時を回った頃。

国王の執務室のさらに奥にある部屋には、漆黒騎士団のメンバーと国王、そしてその護衛として黄金騎士団の団長が集まっていた。黄金騎士団の団長は、そろそろ体力的に厳しい年代であるが、国王のお目付け役としてこの場にいる。

漆黒騎士団から、団長のガレット、副団長のアニトラ。騎士としてはシャンテル、ローガンのほかに二名、つまり計四名。魔導士からは三名、そして調薬師のメメルというなかなか曲者ぞろいの顔がそろった。

楕円の形をした重厚なテーブルを囲むようにして、彼らは座っていた。

「シャンテル。潜入調査の結果を聞かせてほしい」

国王の隣に座っていたガレットに促されたシャンテルは、すっと立ち上がる。

「はい」

静かに頷き、魔導録音器を取り出す。

「これがあの酒場に仕掛けた録音器です。急な予約と店長が表現していたところから推測するに、彼らが集まったものと思われます」

シャンテルは魔導録音器に魔力を注ぎ込み、内容を再生させる。

「ちなみに、私もまだ聞いておりませんので。この中身を全部聞くのにどのくらいの時間が必要であるかは、わかりません」

「五倍速で頼むと言いたいところだが、三倍速で頼む」

本当にガレットは五という数字が好きなようだ。五人に一人というあの話も、ガレットの作り話ではと思えてくる。

そんな彼も五倍速で再生されては、内容を聞き取れないことに気づいたのだろう。シャンテルは三倍速で再生を試みた。

『ガ、ガ……』

ノイズ音から始まる。最初はなにを言っているかわからないような、ガヤガヤとしたざわめき。そこから、いくつかの会話が始まる。

黙って耳を澄ませる。

「シャンテル、ここから一倍速で再生しろ」

なにかを聞き取ったガレットの声が飛んできたため、彼女は録音器の再生速度を変えた。魔力のない彼女にとって、魔導具の制御というのも簡単にできるものではない。

『それでそれで、店長さん。次の女はいつだ？』

『あ、はい。もうそろそろ……』

「そこで一度止めろ」

ガレットが命じる。それに従い、シャンテルは録音器を停止させた。

「シャンテル。今、二人の人物の会話だが、一人はあそこの店長で間違いないな」

「はい」

シャンテルはガレットの言葉に頷いた。

「もう一人は？　聞いたことある声か？」

「店の客で何度か来たことがあると思います。確か、魚料理を気に入っていた客……」

魔導士の一人が、国王のうしろの壁に貼られている大きな紙面に記録を書き留める。魚料理のくだりはいらないのだが、相手の特徴として記しているのだろう。

「続けろ。ここからは一倍速のままで頼む」

ここから必要な情報が展開されるとガレットは読んでいるのだ。

『あの女はいつ頃だ？』

『シェイン、ですか？』

『そうだ。あっちのユリアという女と一緒に寄越せ』

『しかし。ユリアはまだこの店で働き始めたばかりですし』

「はい、止めろ」

この酒場で働いているシェインがシャンテルであることを知っている人間たちが大半を占めている。だから彼女に、視線が集中する。

「このシェインという女性は？」

ガレットが尋ねる。

「間違いなく、私でしょうね」

あはははとシャンテルは笑うしかない。まんまと狙われているこの状況で、ローガンからは冷たい視線の攻撃が飛んできた。

「では、もう一人のユリアは？」

続けてガレットが問いかけた。

「短時間だけあそこで働いている女性です。確か、年は少し上で二十一歳くらい？　ええと、一か月ほど前からあそこで働き始めました」

シャンテルが夜鳴亭に潜入しているのは理由がある。

ここ最近、二十歳前後の女性が急に姿を消すという事件が頻発している。つまり、行方不明となる女性が増えている。

その情報を仕入れたのはアニトラであった。彼女の『便利屋』に相談事として持ち込まれたのが始まりだった。調べるにつれ、ほかにも似たような女性が多くいることを知る。さらにその女性たちの共通点を探ってみたところ、彼女たちが夜鳴亭で働いていた事実まで突き止めた。

そのため、漆黒騎士団からシャンテルを夜鳴亭に送り込んだという流れになる。

ちなみに彼女が勤務初日に、髪を左右に分けて三つ編みにし、さらに黒ぶち眼鏡をかけて出勤しようとしていたところを、ローガンが必死で止めた。それでもシャンテルはその姿を強行突破した。ローガンが言うには『もう少し大人っぽい格好のほうがいいんじゃないの？』だったが、それを頑なに断ったシャンテルなのだ。

その格好が功を奏したのか、それとも年頃の女性であれば姿形は問わないのか、なんとか最終候補にまで残ったようだ。シャンテルとしては喜ぶべきなのかどうか微妙なところである。

「ですが、よくこの会話を捕らえることができましたね」

(もっと褒めて)

シャンテルは心の中で有頂天になった。

彼は漆黒の騎士であるタイソン・レンジリー。穏やかな男性だ。シャンテルを妹のように可愛がってくれている。

「たまたまでしょ」

ローガンの冷たい一言が、シャンテルのいい気分を台なしにした。だが、彼の指摘もあながち間違いではないところが悔しい。

「まあ。たまたまと言えばたまたまなのですが、その日は珍しく二十二時以降に予約が入ったと店長が言っておりまして。シェインが手伝いを申し出たところ、それをやんわりと断られたため、これはなにかあるな、と推測した次第であります」

シャンテルの口調がいつもと異なるのは、動揺を隠すためである。彼女をよく知るガレットとアニトラの視線が鋭い。

「まあ、これではっきりしたな」

そう言って楽しそうに笑っているのが国王だ。にたにたと不気味な笑顔に見えるのは、シャンテルの気のせいではないだろう。

「シャンテルはそのまま潜入調査を継続。店長の誘いには必ず乗るように。そして、攫(さら)われてしまえ」

いささか物騒な命令であるが、国王が言わんとしていることは理解できる。攫(さら)われた先に、今まで行方不明となった女性がいるはずだ。むしろ、そうであってほしい。

闇の人身売買などにかけられたり、国外へ飛ばされたりしていたら、彼女たちを救い出すのは難しい。

シャンテルはぎゅっと拳を握りしめる。

「承知しました」

事務的に答えた。

「シャンテル。まだ、これに続きはあるよな？」

彼女はガレットの言葉に頷(うなず)き、録音器を三倍速で再生する。

会話の中には新しい人物も登場してきたが、会話の内容はいつ女性を準備できるのか、という流れから変更はなかった。少々お下品な表現も含まれるため、その場にいた女性魔導士は顔を歪めたが、当事者であるシャンテルはその表情を変えることなく、淡々と彼らの作戦を聞いていた。

「よかったな、シャンテル」

すべてを聞き終えた国王が不敵な笑みを浮かべている。

「ご丁寧に、決行日までわかっているじゃないか」

ほかの人たちに言い寄られた店長が、『シェインの雇用契約があと三日で切れる』と口にした。だから、『最終日に彼女に睡眠薬を飲ませるから、あとは好きにして構わない』と、震える声で言っていたのだ。

「私、好きにされちゃうんですね」

シャンテルはぶるっと身体を震わせ、両手で自身の肩を抱いた。

「いや、違う。むしろ、君が好きにしていい」

ガレットが口角をあげる。

「好きに暴れてこい」

シャンテルが身体を震わせたのは恐怖からではなく、武者震いだ。

「団長。しかし、今の話を聞いただけでも相手は十数人はいそうですよ？　シャン一人では少し厳しいのではないでしょうか？」

ローガンの言葉に、ほかの者も頷く。

「ああ。だが我々の任務は、捕らわれている女性たちを救出することだ。まずはその捕らわれ先を突き止める必要がある。そのためのシャンテルだ」

ガレットの言葉に、シャンテルは使えそうな魔導具を頭の中で思い浮かべる。

「ここはシャンテルの魔導具に期待したい。攫われたシャンテルを、魔導具を使って追跡する」

シャンテルは心の中で叫んでみた。それをガレットに伝える勇気はない。

(どのためだよ)

「そういう魔導具あるよな?」

シャンテルは少し考えてから「もちろんあります」と答えた。

ないなら作れ、と言わんばかりの圧力がガレットの言葉にはかかっている。

「では、決行日は三日後。時刻は二十二時。陛下はこちらでお待ちくださいね」

ガレットが釘を刺しておかないと、国王は現場にまで足を運んでくる。それに付き合わされるのが、四十歳を迎えたばかりの黄金騎士団の団長である。

「こんな面白いもの、近くで見ることができないのか?」

「もう少し、アンソニー殿のこともお考えください」

アンソニーというのが今の黄金騎士団の団長の名だ。

「えぇっ」

国王は子どものように不満を垂れ流している。

「陛下。現場の様子は逐一把握できるように、陛下にも魔導具をお渡ししますので」

シャンテルが言うと「それなら、ま、いっか」と納得してもらえた。

グレイク・サニエルは白銀騎士団第八部隊の部隊長であった。長らく続いていた国境での争いを解決させたため、第八部隊は王都へと戻ってきた。代わりに、第九部隊がそこへ派遣される。

だが、グレイクはその争いを解決させた功労者として、戻ると同時に黄金騎士団への異動となった。

だが、実は彼の黄金騎士団への異動は以前から打診されていた。それは縁由によるものだが、あまりその部分は周囲には知られていない。

「部隊長、さすがです。おめでとうございます」

「部隊長。黄金に行っても、俺たちのことを忘れないでくださいよ」

白銀騎士団の部下たちも心から喜んでくれた。

彼らには隠していたが、グレイクには素直に喜べないところもあった。

というのも、争いの中に長くいすぎたらしい。緊張が続く空気の中で、部下のことを考えながら、逐一戦況を判断していく。体力はなんとかなったが、心が疲弊しきってしまった。あまりにも疲弊しきってしまったため、冷静な判断ができなくなりかけていた。

なにがきっかけになったのか、今となっては思い出せない。彼はとうとう第八部隊を動かしてしまったのだ。その結果、ザウボ軍が占拠していた国境を制圧してしまった。十数年にわたって繰り広げられていた争いに見事終止符を打った。

ザウボ軍は退き、協定を交わすこととなる。

これが、一夜にしての件の噂の真相であった。つまり、グレイクが暴走しただけなのだ。それでもなんとか丸く収められたのは、今までの地ならしの成果と彼の人柄と実力なのだろう。

やっと王都に戻ってくることができ、さらにあこがれの黄金への異動が決まったというのに、その心は晴れなかった。どこか心の中にぽっかりと穴が開いているような、その穴から生きていくための糧がすべて流れ出ていってしまうような、そんな気持ちだった。

そのような状況で、彼女と出会ったのは本当に偶然だった。

どこかで夕飯を食べようと思い、ぶらぶらと街の中を歩いていた。宿舎にも戻りたくないし、屋敷にも戻りたくない、そんな夜だった。

星も月も見えないのは、空が雲に覆われているからだ。ただでさえ夜という時間帯で暗いのに、微かな明かりさえ奪われてしまった気がして、余計に気持ちが沈んだ。

グレイクは一つの建物に目を奪われた。けして新しい建物ではないのだが、なぜかそこだけがほかよりも一際明るく見えた。

丸太小屋のような造りをしているが、誰かの住居というわけではなく酒場のようだった。

中から出てきた人が『今日も美味かったなぁ』と、少し赤ら顔で上機嫌に話をしていた。

店の外には『夜鳴亭』と店の名前が掲げられている。

(そんなに美味い店なら入ってみる価値はあるか……)

青い扉を押して店内へ入る。

『いらっしゃいませぇ』

明るい声がグレイクを迎えた。それは、自分の心と真逆の声だった。

『お一人様ですか？　こちらへどうぞ』

派手な女ではないが、とにかく声が明るく、そして心地よい。

案内されたカウンター席に座ると、彼女が水を出してくれた。さらにメニューを手渡してくれる。

『お客さん。初めてですよね。お酒は飲まれますか？』

『いや』

つい断ってしまった。酒は毎日寝る前に、宿舎で呷るように飲んでいた。

『では、お夕飯ですね』

彼女はメニューを指で示しながら、説明を続ける。彼女の話を聞いていたら、どれも食べてみたくなるのが不思議だった。どれもこれも魅力的で、迷ってしまう。

『迷うな』

つい、グレイクは言葉を漏らした。彼女がくすっと微笑んだ。

『でしたら、今のお客さんにはこちらがオススメです』

その時初めて彼女の顔を見た。大きな眼鏡の下の、澄んだ赤い瞳が印象的だった。

『それで』

グレイクがそう答えたのが、『いつもの』の始まりだ。

彼女が勧めてくれた料理は、本当に美味しかった。こちらに戻ってきてから食事がこれほど美味しいと感じたのも初めてだった。

また食べたい。また彼女に会いたい。

そんな気持ちがグレイクの中で膨れ上がる。

(さすがに毎日通うのはわざとらしいか……)

だから三日に一回程度通うことにした。彼女は十八時から二十二時の間だけ夜鳴亭で働いている。昼間はなにをしているかわからない。休みは四日に一日のようだ。

扉を押して店内を覗き、彼女がいない時は夜鳴亭に入ることをあきらめた。なぜか同じ料理でも、彼女が出すのとほかの人が出すのでは味が違う。どうせだったら、美味しいものを食べたい。

彼女は見た目が地味であるが、客からは人気があった。地味な印象を与えるのは、髪型と大きな眼鏡のせいだろう。グレイクにとっては、それも彼女の魅力の一つに思えた。

そうやって定期的に通っていると、噂話も耳に入ってくる。彼女は国境に近い街のトルナーの出身らしい。

トルナーといえば、グレイクも数か月前に滞在していた街だ。そこから少し外れた場所を拠点として、ザウボ軍と睨み合っていた。

彼女は幼い頃に両親を戦火によって失っていた。トルナーの街では珍しい話ではない。戦火に巻き込まれて亡くなった民は、数えきれないほどいる。

だけど、彼女にはその悲壮感を感じさせない明るさがあった。その明るさが飛び火して、グレイクの心に明かりを灯し始めるのも時間の問題だった。

グレイクはいつもカウンター席に案内された。ここから店内全体を見渡すことは難しいけれど、彼女が忙しそうに、それでも楽しそうに仕事をしている雰囲気を感じることはできた。

たまに、変な客に絡まれていることもあった。それでも彼女は怒ることなく、やんわりとそれをかわし、さりげなく釘を刺す。

グレイクとしては、彼女の身体を触った客の腕を切り落としてやりたかった。だが、彼女が泣いているわけではないため、そっと見守ることしかできない。いや、余計な手出しをして、彼女に迷惑をかけてはいけないとも思っていた。

ある日――

二十二時までの仕事である彼女が、その日は早めに仕事が終わったのか、いつもより早い時間にお店を出た。

彼女が仕事を終えるのを見計らったかのように、五番テーブルの三人の男も会計を済ませる。この男のうちの一人は、彼女のお尻を触った男。

彼らが店内を出ると、グレイクもゆっくりと立ち上がって会計を済ませた。

長年の経験による勘というものが働いた。なにかがグレイクに訴えかけてくる。

五番テーブルの男たちは、先に歩いている彼女の後をつけているように見えた。

彼女もそれに気づいたのか、立ち止まったり走ったりと、揺さぶりをかけている。グレイクはそんな彼らに気づかれないように、少し遠いところから見守っていた。なにかあったらすぐに彼女の元に駆けつけられるようにと。

『いてててて、なにすんだこの』

男の怒声が聞こえてきた。グレイクは彼らに見つからないように歩みを速め、できるだけ近付いた。ところが、いきなりその男が崩れ落ちた。

彼女はなにもしていない。ただ立っているだけだ。

それでも、一人、三人と、そこにいた男たち全員がその場で横になっている。

『おい、なにをしている』

グレイクはそう言葉を発したが、自分自身、誰に向けた言葉なのかわからなかった。とにかく、そこでなにが起こったのかを知りたかった。

『大丈夫か』

思わず彼女を抱きしめてしまった。彼女は驚きながらも『どうやら、お酒を飲みすぎたみたいですね』と笑って答えた。

それでも彼女の頬に一筋の涙が流れる。辺りは暗く空に星明かりもなかったが、闇に慣れた目はしっかりとその涙を捉えてしまった。

さらに彼女を抱きしめている腕に荷重がかかった。彼女の身体が自分の重みを支えるだけの力を失ったらしい。

『シェイン？』

そこで初めて彼女の名を口にする。店長がよく口にしていた名前だ。

しかし、彼女のこの意識の失い方は不自然である。グレイクはこの状態を目にしたことが何度かあった。魔導士が魔力切れを起こした時の状態に似ている。

『もしかして、魔力切れか？　このシェインという少女、魔導士か？』

魔導士であれば好都合だ。この女性と契りを交わしたいと思っていたが、そこに立ちはだかる壁が彼女の身分だ。両親を失っているのであれば彼女を手に入れるためにいろいろと画策する必要があった。

魔法が使えるというその能力は、身分の壁を飛び越える特権である。

やっと彼女に自分の気持ちを伝えることができると思い、その身体を抱きなおした。とりあえず、どこかで休ませなければならない。

この時間で適当な場所を考えるが、思い浮かぶところが一つしかない。

気を失った彼女を抱きかかえながら、グレイクは宿に入った。

ソファの上に彼女をおろし、眼鏡をはずす。さらに髪もほどく。

ずっと触れてみたいと思っていた彼女自身。もう逃がすわけがない。この手で捕らえて、自分のものにしたい。そして、この気持ちを受け入れてほしい。

そう思っていたにもかかわらず、気持ちを伝えるよりも先に、身体を求めてしまった。

彼女の顔を見て、声を聞いたら、我慢ができなかった。

触れても、彼女は抵抗しなかった。驚いてはいるものの、グレイクを受け入れ、そして感じてくれていた。

足をぶんぶんと振り上げてきた時は、その可愛らしさにいたずらをしたくなった。

とにかく、彼女を自分のものにしたかった。ずるい男と思われてもいい。彼女を手に入れることができるのであれば。

彼女に自分自身をあてがった時、その顔は驚き、首を横に振っていた。それでも唇を重ねると受け入れてくれる。

彼女はグレイクの首元に両手を伸ばし、その唇を欲するように貪(むさぼ)りついてきた。

同時に彼は自身を彼女の中へと入れ込む。よく濡れてはいたけれど、まだ少しきつい。恐らく、いや間違いなく初めてなのだろう。

『痛いか？』

尋ねると、目尻に涙をためながら彼女は首を横に振る。

ぐぐっと押し入ると彼女の口からは甘い声が零れてくる。その声を聞いたら、止めることなどできない。

彼女が本気で抵抗したら、本気で泣いていたら、やめていたかもしれない。でも、もう無理だ。この状況では止められない。

激しく腰を打ち付けると、彼女の乳房も揺れた。がっしりと背中に手を回され、感じてくれている。彼女からは嬌声が漏れる。

『はぁ……。あ……んんっ』

繋がった場所は温かく、蕩けそうだった。

『あ……』

背中の手にぎゅっと力が込められる。同時に繋がっている中もぎゅっと引き締まり。つい、放ってしまった。彼女の手が求めてくるので、二人で抱き合う。触れている肌が温かくて、柔らかくて、優しくて。

彼女の肩に頭を預ける形となり、その手が優しく頭を撫でてる。

なぜか声をあげて泣きたい気持ちになったが、ぐっと堪えた。

やってしまったという思いもあった。だけど幸せそうに眠る彼女の顔を見ていると、穴の開いていた心が埋められていくようだった。彼女は自分を受け入れてくれた。

腕の中で微睡（まどろ）んでいる彼女が、もぞもぞと動く。

『起きたのか？』と尋ねると『起こしてしまいましたか？』と返ってくる。

『いや。君の可愛らしい寝顔を見ていた』

そう答えると、彼女は少し困ったように笑った。

『どうかしたのか？』

『あの、お風呂に入ろうかと思いまして』

恥じらいながら答える彼女を見ると、またいろんな意味で元気になってしまった。

彼女と一緒に風呂に入り、ふたたび愛し合った。

それにもかかわらず。

『おやすみなさい、レイ様。いい夢を』

濃艶に笑んだシェインの顔が忘れられない――

「おい、グレイク。感傷に浸っているところ悪いが」

「んあ？」

グレイクは顔を上げた。

（そうだった、ここは兄の執務室だ）

どうやらどっぷりと幸せな時間に浸っていたらしい。

「五日後に引継ぎでいいんだよな。休暇の延長は認めないからな。アンソニーのことも気を遣ってやれよ」

「わかってる」

グレイクは右手をひらひらと振る。幾度となく休暇延長を打診してみたが、返ってくる答えは否、否、否。

休みたいと思いながらも、真面目に仕事に取り組もうとしている自分がいるから不思議である。今だって、散々文句を言いながら、アンソニーから仕事を教えてもらってきたところだ。まだ休暇中の扱いになっているが、黄金騎士団の団長の仕事の引継ぎとあれば、一日や二日で終わるような量でもない。ようするにグレイクは根が真面目なのだ。

それでも文句の一つや二つや三つを言いたくて、仕事が終わるとついついここに足を運んでしまう。

「私だって暇ではないのだがな」

笑いながら、受け入れてくれるのは兄である国王だ。今は彼に救われている。

「お茶でも飲むか？」

彼は楽しそうに笑っていた。グレイクが答えるより先に呼び鈴を鳴らす。

グレイクから見るとそれは不思議な呼び鈴だった。どうやら魔導具の一つのようで、国王がボタンをぽちっと押すと、事務官長の机の上の鈴が鳴るらしい。

「お呼びでしょうか」

すぐさま事務官長であるガレットが駆けつけてきた。

「シャンテルを寄越してくれないか」

先日から、彼はシャンテルという女性事務官の名を口にしている。これで三日連続である。

「本日、彼女は早番でしたので、今は不在です」

ガレットがジロリと国王に視線を向けた。

「そう、だったか？」

国王は頭を傾けた。

「はい」

すかさずガレットが返事をする。

「私の記憶では、今日の彼女は遅番だったはずだが」

ちっとガレットが舌打ちしたように聞こえた。

「ええ、当初の予定では遅番でしたが。急遽（きゅうきょ）、シフト変更が発生しました。シャンテルになにか用がありましたでしょうか？　私でよければ、伝えておきますが」

いや、いい。と国王は手を振った。

「それよりも、お茶を頼む」

国王は不満気な様子である。ガレットのお茶は不本意なのだろう。

「では、失礼します」

お茶を淹れ終わったガレットは、頭を下げて立ち去った。

その彼の背を見送った国王は、お茶を一口飲む。

「今日のお茶はイマイチだなぁ」

頷きたくはないが、グレイクもそう思った。

シャンテルという女性が淹れたお茶は格別だった。

そして彼女の記憶力も目を見張るものがあった。だが、そんな記憶力の優れている彼女もシェインという魔導士は知らないと言う。となれば、シェインは何者なのか。

「兄さん、魔力があるのに魔導士ではない、というのはどういうことが考えられる？」

グレイクは尋ねた。シャンテルが似たような名前の女性の特徴を口にしたが、それはシェインの特徴と異なるものだった。

魔力持ちは貴重な存在だ。この国の学園に入学する者は、必ず魔力を保持しているか鑑定を受ける。そこで魔力ありと判断されれば、魔導士となるために魔導科に進むのが一般的である。

「魔力があるのに、魔導士ではない？　その魔力がすこぶる弱いか、本人が気づいていないかのどちらかだろ？」

魔力持ちは、身分が平民であっても優遇される。そのため魔法が使えるとわかると、王都にある学園に入学することになる。

ただ、あまりにも田舎であると、魔法という力の重大性が浸透しておらず、使えるのに報告してこないという事例がたまにある。

だから、騎士団や魔導士団は地方に派遣され、そういった隠れた才能を田舎から引きずり出す役目も担っているのだ。

シェインはどうだろうか。本人が気づいていない様子はなかった。間違いなくあの時の五番テーブルの男たちを眠らせたのは、彼女自身の力によるものだろう。

「魔力がすこぶる弱い者はどうするんだ？」

グレイクが考えるに、恐らく彼女は前者。魔力が弱い者だ。だからあの場で魔力切れを起こした。

「ああ？　魔力が弱くても貴重な魔力だからな。国でなにかしら面倒は見ているはずだが」

そう答える国王の目は、しっかりとグレイクを見据えていた。

「そうか」

不本意ながらグレイクは頷(うなず)いた。頷(うなず)くしかできなかった。

シェインは国でなにかしら面倒を見ている女性なのか、それとも彼女は魔法を使える事実を隠しているのか。

「お前、彼女と話をしたのではなかったのか？　仕事の帰りに捕まえるって言っていただろう？」

グレイクとのたったそれだけの会話で、国王は彼の考えている内容がわかったようだ。

「邪魔が入った」

グレイクは大きく息を吐き、目を細めた。

「邪魔だと？」

「一昨日、彼女の帰りを待ち伏せしていたのだが。彼女の姉が迎えに来ていた」

「姉……。どんな奴だ？」

「誰が？」

「その姉だ」

そう問われ、グレイクは姉の姿を思い出す。シェインの姿ならすぐに思い出せるのに、一度しか会ったことがないためか、それともさほど興味がなかったためか、なかなかその姿を思い出せない。

「まあ、女性のわりには背が高かったな。俺より少し低いくらいだ。とにかくスレンダーな女性だった。シェインとはあまり似てないような」

国王の右眉がひくりと動く。

「そうか……。ああ、グレイク。思い出したことがある」

国王はガレットが準備していったお菓子に手を伸ばした。それを一つ、口の中へ放り込む。

「あの夜鳴亭という酒場だが、よくない噂が流れている」

「よくない噂？」

グレイクも思わず聞き返してしまった。

料理は美味しいし、接客も問題ない。店自体はけして新しいとは言えないけれど、それでも清潔感に溢れている。昔からある酒場なのだろう、という印象だ。

にもかかわらず、よくない噂。気にならないわけがない。

「最近、この王都では若い女性が行方不明になる事件が頻発していてな」

「はあ」

グレイクの返事は気乗りしない。

「行方不明になる女性の共通点を探ったところ、どうやら夜鳴亭で働いていた、という事実にいきついた」

「はあ？」

夜鳴亭で働いていた女性が行方不明と聞けば、今、働いている彼女が心配になる。

「お前の女も危ないいんじゃないのか？」

その言葉で、グレイクはぎくりとする。まるで心の中を見透かされたような気分だ。

「だが、あの店は、そんな雰囲気の店ではないぞ？　店長も、そんな感じではなかったが」

「脅されている、ということもあるだろう？」

「脅されている？」

グレイクが聞き返すと、国王は楽しそうに笑いながらゆっくりと頷く。

「あの店を潰すとか、お前の家族に手を出すとか。そう言って脅されたら、言うことを聞くしかないんじゃないのか？　人のいい店長だったら、なおさらどうだ。だから、自分のところで働いている女性を犠牲にしている、とかな。まあ、あくまでも推測だが」

頬杖をつきながらグレイクを見据えている国王の視線から逃れるように、彼は手元のカップを見つめた。

「だからさ。お前のシェインも、同じように犠牲にならないといいな」

そこで彼は冷めたお茶を、一気に飲み干した。

グレイクはお茶に手をつけずに、その表面に映り込む自分自身の情けない顔を見るほかなかった。

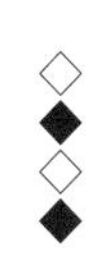

「ガレット団長。こちらが魔導通話器になります。で、こっちが陛下の分で、私が一つ隠し持つので、全部で三つです」
シャンテルはガレットの執務室にいた。執務席を挟んで、ガレットの前に立っている。
今日も十八時から潜入調査であり、それの最終日でもあった。夜鳴亭での雇用契約が今日で切れるからだ。
二か月限定での仕事であり、その契約で夜鳴亭に雇ってもらっていた。その二か月限定が重要だった。今まで行方不明になっていた女性たちも、短期雇用の契約だったからだ。

「それで、このボタンをこっちに合わせると私の通話器で、ここに合わせると陛下の通話器とお話ができます。二か所同時にお話ししたい時は、この中心に合わせてください。それから、相手の声が聞こえなくなった時は、この魔導具の魔力切れですので、魔導士に魔力を注いでもらってください。私が持っている通話器には追跡の機能もつけましたので、それは団長が持っている追跡器のここに表示されます」

シャンテルはガレットの机の上に魔導通話器と魔導追跡器を並べて、使い方を説明していた。

「本当に、陛下の分も準備したのだな」

ガレットは呆れていた。

「え、だって。そうでもしないと、あの人、本当に現場まで来そうなんですもん。そうなると、めんどくさいじゃないですか。陛下のことを気にしながら暴れるなんて。むしろ、暴れられないですよ。大人しく淑女を演じちゃいますよ」

シャンテルが言いたいこともよくわかるのか、ガレットは苦笑を浮かべていた。きっと彼も、国王が現場に来ると面倒くさいと思っているに違いない。

「シャンテル。とりあえず、私から言えることはだな。思い切り暴れてこいとしか言えないのだが」

「そのお言葉だけで充分です」

シャンテルは唇の両端を持ち上げた。

「ただ。人は殺すなよ」

それは漆黒騎士団の暗黙のルールでもある。事件は解決しても人は殺さない。情報は捜査しても嘘はつかない。

彼らが属するのが漆黒だからだ。表に立ってはいけない、目立ってはいけない。すべての手柄は黄金と白銀に。それが、漆黒騎士団の存在意義でもある。

「もちろんです。ところで、現地には誰が配置される予定ですか？」

さすがにあの人数を一人でさばくのには無理がある。ローガンも言っていたとおり、敵は十数人以上いそうだ。

シャンテルは当たり前に応援が入るものだと思っていた。むしろ、入ってくれないと無理だ。

「現地の指揮は私が執る。総指揮は陛下だが」

「うん、だからそれが心配なんです。あの陛下のことだから、絶対に面白い方向に物事を転がそうとするはずですよね？　変な総指揮にならないことを願うばかりなのですが」

ガレットも鼻で笑う。

「現地には、ローガンとタイソンだな。あとは魔導士から一人。それからメメルも連れていく」

その人選には安心感を覚える。だが、一人だけ気になる人物がいた。

「メメルお姉さまもですか？」

「ああ。万が一に備えてだな。お前の魔力の」

魔力の、と言われてしまうと、反論ができない。

「メメルお姉さまからは、いくつか魔力回復薬はもらっていこうとは思っているのですが」

「だから、万が一に備えて、だ」

「はあ」

ガレットの答えにシャンテルは気の抜けた返事をした。

メメルが近くにいてくれるのは心強いのだが、彼女は非戦闘要員だ。

彼女を現場近くまで連れてきて、危なくないのだろうか。それが思わず口に出てしまったのだ。

「そこは安心しろ。そのための魔導士だ」

相変わらずガレットのそのためがよくわからない。だが、魔導士がメメルを守ってくれるというのであれば、それはそれで安心だ。

メメルには怪我(けが)をしてほしくない。いや、メメルだけではない。今回の任務に関わる者、すべての人に。

「シャンテル」

ガレットの声色が低くなる。

「今回は、お前たちにとって、初めての大きな任務だ。まだ、現場にも慣れていないだろうが。必ずうしろには私たちがいる。それだけは信じてほしい」

ここで言うお前たちとは、シャンテルとローガンのことだ。

「はい」

ガレットの目を見据えて、ゆっくりと頷いた。

「気をつけて行ってこいよ」

「はい、行ってまいります」

シャンテルはガレットの執務室を出ると、その足でメメルの元へと向かった。

——トントントン。

扉を叩き、そろりと部屋の中を覗き込む。

「メメルお姉さま。いますか？」

「あら、シャンテル。どうしたの？」

机に向かってなにか書き物をしていたメメルは顔を上げて、いつもの口調でいつものように声をかけてくれた。

「あの、魔力回復薬を少しいただきたくて」

扉の隙間から、身体を滑り込ませるようにして部屋に入る。

「あ。そうよね。今日だったわね」

大げさに手をパチンと叩いたメメルは、すっと椅子から立ち上がると棚のほうに近寄った。そこでなにやらごそごそと漁り出す。

「シャンにちょうどいい回復薬を作っておいたのよ。ちょっと、試してほしくて」

試してほしいと言っている時点で、それは実績のない薬である。シャンテルは少々不安になった。だけどメメルの厚意を無駄にしてはならないし、メメルというだけで信頼はできる。

「あった、あった。これよ、これこれ」

ごそごそと棚の中を漁っていたメメルがなにかを見つけた。

「はい」

彼女から手渡されたのは黒い錠剤だが、これをためらいなく飲むのは少し抵抗があるような、そんな見た目である。黒い錠剤は、小さな透明の小瓶に数粒入っていた。

「これが魔力回復薬。液体だと持ち運びが不便でしょ？　ぎゅっと凝縮して錠剤にしてみました」

メメルの声はすこぶる明るい。

「シャン。今回はあなたの初任務でしょ。だからちょっと心配なんだけど、期待しているところもあるの。わかる？」

シャンテルは頷いた。メメルは言葉どおり、活躍を期待してくれているのだ。

「この魔力回復薬は、一粒で総魔力量の半分の量を回復する。だから、魔力が半分以下になったら飲むとちょうどいいわ。でも、飲みすぎには注意してね。いろいろぎゅっと凝縮しているから」

「メメルお姉さま、ありがとうございます。メメルお姉さまも現場に来られるということで、お姉さまも気をつけてください」

「ええ。あなたたちの邪魔にならないように隠れているから心配しないで。もし、あなたたちが怪我をしたとしても、メメル様特製の回復薬でさくっと治療してあげるからね。そこも心配しないでね」

「はい」

シャンテルは力強く返事をした。メメルに何度も礼を言うと、宿舎へと戻る。

「シャン」

自室の扉を開けようとした時、ローガンが隣の部屋から顔だけぬーっと出してきた。彼はいつも、こうやって顔だけ出してくる。

もしかしたら、顔より下は人には見せられない格好をしているのだろうかと、シャンテルはいつも思っていた。

「大丈夫？」

そのローガンの大丈夫には、いろんな意味が込められている。

――準備はできた？

――一人で怖くない？

――無理をしないでね。

――暴れすぎてもダメだよ。

それはシャンテルが長年ローガンと一緒にいたから、口にしなくてもわかる言葉なのだ。

「うん。ローも、後で現場に来てくれるんでしょ」

「もちろん。シャン一人では心配だからね。君を制御できるような人間が必要だとは思わない？」

「そうだね」

ちょっとシャンテルの声が低くなってしまったのは、心の奥底にある不安の表れなのかもしれない。

それをローガンに気づかれた。彼が扉から身体も出してきた。扉はパタリと閉まる。

ローガンがシャンテルと向かい合う。当たり前だが、十センチ以上ローガンのほうが背は高い。

シャンテルは彼から見下ろされた。

「シャン」

ローガンが両腕を伸ばし、シャンテルを抱き寄せる。シャンテルの髪がローガンの顔に触れる。

「絶対に、絶対に。ボクたちが行くまで、一人で無理はしないでよ」

ローガンの吐息がシャンテルの耳元をかすめていく。

「うん。わかってる」

「シャンのわかってるって、当てにならないんだよな」

ローガンが笑った。

「ロー」

シャンテルは顔を上げ、下からローガンの顔を見つめる。

昔から見てきた彼の顔だけれど、いつの間にかこんなに男らしくなって、爽やかイケメンになって、女性から情報をもぎ取るようになって。嬉しいやら、悲しいやら、彼の姉的存在を主張するシャンテルの心の中は複雑だった。

「どうかした？」

目が合った。シャンテルはローガンから目を逸らすようにして、自分の頭を彼の胸に押し付けた。

「ローも男になったんだな、って思っただけ」

「シャンがそういうこと言う時ってさ、やっぱり緊張してる時だよね。そうやって、違うこと言って誤魔化そうとしてる」

やっぱりローガンには敵わない。彼の背中にそっと手を回して、ぎゅっと抱きしめる。これは昔からの儀式だ。ローガンもそれはわかっている。

「ああー。やっぱり、悔しいな」

「なにが？」

もう一度シャンテルは、彼の顔を見上げた。

「だからさ。シャンをどっかの馬の骨のような男に奪われた話だよ。せっかくボクが手塩にかけて大事に育ててきたのに」

「え？　私、ローに育てられた覚えはないけど？　ローのおばあちゃんだよね？　面倒見てくれたのは」

シャンテルが答えると、ローガンはぷっと笑った。

「よかった、いつものシャンだ」

そこで彼は、彼女を抱きしめている腕を緩めた。同じようにシャンテルも力を抜く。

「シャン。絶対に無理はしないこと。特に魔力の使いすぎはダメだよ。今回、魔導具を持っていくんでしょ」

「うん。でも、メメルお姉さまから魔力回復薬ももらったから、大丈夫だと思うんだけど」

「だから。シャンのそういうところがダメなんだって。回復薬があるからって、安心して魔法を使いまくらないでよ」

「うん」

「必ず、ボクたちが駆けつけるから。それまで、粘ってね」

「うん」

「シャン」

そこでローガンは、彼女の額にそっと唇を寄せた。

「気をつけて」

彼に触れられた額が、少しだけ熱い。

シャンテルとローガンは同郷である。そして幼馴染みで同い年。家も隣同士であった。

彼らが住んでいたのはハヌーブ国の東の国境に近いトルナーという街である。トルナーはけして豊かな街ではなかったが、シャンテルの両親は魔導具師として、魔導具を作って売って生計を立てていた。

国境に近い街であるため、国から騎士団が派遣されることも多々あった。そしてその騎士たちに魔導具はよく売れた。だからシャンテルの家はそれなりに生活できていた。

野営でのご飯を作るのがちょっと便利になる魔導具とか、野営での睡眠がちょっと快適になる魔導具とか、馬による移動でもちょっとお尻が痛くならない魔導具とか。騎士にとっては便利な魔導具であったようだ。

魔導具製作において魔力を備えている魔石を用いるのが一般的な方法である。

その一般的でない作り方が魔石を使わないシャンテルの魔導具の作り方である。使えないのか使わないのかはわからない。その代わりに魔力を注ぎ込む必要があった。このような魔導具の作り方をする者はほかにはいない。さらにそういった魔導具もあまり知られていない。

シャンテルが作る魔導具は、漆黒騎士団の中でしか浸透していない。これが世に出たらいろいろと面倒くさいからだと、国王は言っていた。もちろんガレットも彼女の魔導具を漆黒騎士団以外で使うことは考えていないようだった。

そして国境の街は隣国と争いが起こっている場所に近い。

たまに戦火が広がり、トルナーの街まで飛び火してくることもあった。ローガンの両親とシャンテルの両親はそれに巻き込まれて命を失った。たまたま巻き込まれただけなのだ。

それでもシャンテルには両親の貯えがあったし、近くにはローガンの祖母もいたから、なんとか生きていこうとした。そして、両親のように魔導具師になってさっさと自立しようと思った。

ハヌーブ国の騎士たちは、トルナーの街の人たちを守ってはくれなかった。いつまでも隣国ザウボと無駄な争いを続け、トルナーの街の人たちを苦しめていた。少なくとも幼いシャンテルはそう思っていた。

大好きな故郷が壊れていく。そんな喪失感にさえ襲われた。

だからこそ大人になったら一人で生きていこうと決心した。誰の力も借りない。誰も信じない。強く生きなければ両親と同じようにザウボの奴らにやられてしまう。自分を守るのは自分だけだ、と。

近くには幼馴染みのローガンがいた。大人になるまでは彼と共に生きていこうと約束をする。ローガンもシャンテルと同じように、無駄な争いで両親を失った仲間だからだ。

シャンテルは家の貯えとローガンの祖母というう後ろ盾によって、まだ十歳に満たない時からなんとか生きる術を手に入れた。

シャンテルはこの時からローガンの家に入り浸るようになる。

そんな彼女に転機が訪れたのは、王都から黒い騎士服を纏った騎士団がやってきた時だ。

『この辺に面白いものを作る魔導具師がいると聞いてきたのだが』

黒い服の騎士の一人が、ローガンの祖母に声をかけていた。

『ああ、そいつらなら死んでしまったよ』

祖母は淡々と答えた。

『そうか』

その騎士は目を伏せた。なんのために伏せたのか。

懺悔のためか。冥福のためか。

『もし、彼らの死が自分たちのせいだと思うのであれば、この子にそれをきちんと説明してやってくれないかね』

ローガンの祖母はシャンテルの背中をずずいと押した。

彼女はその騎士の前に飛び出す形となった。

両親を失ってから、シャンテルはハヌーブ国の騎士が嫌いだった。小さな身体で、精一杯目の前の黒い騎士を睨みつける。

『この子は？』

その騎士はシャンテルを見下ろしながら尋ねた。

『あの魔導具師たちの娘だよ』

祖母はまた淡々と答えた。

『団長』

こそりと彼の耳元で囁く、同じように黒い服を纏った男。

『ほぅ』

なぜか団長と呼ばれた彼は、楽しそうに顔を緩めた。

『お嬢さん、名前を聞いてもいいかな？』

団長と呼ばれた男が、顔を緩めたまま、シャンテルに声をかけた。

『おじさん。人に名前を聞く時は、自分から名乗るということを知らないわけ？』

両手を腰に当てて、少女が言う。その瞳は力強く輝いていた。

『失礼、お嬢さん。私はガレット。この騎士団の団長を務めている』

『私はシャンテル。今、話のあった魔導具師の娘です』

そこでシャンテルはペコリと頭を下げた。なんとなく、この男から嫌悪を感じなかったからだ。

どちらかというと、興味が湧いた。

『シャンテル。私は君が気に入った。もし、君さえよければ王都に来ないか？』

ガレットが突然、そんなことを口にした。

『そういった話は、私を通してくれないかね』

ローガンの祖母が、ガレットとシャンテルの間に割って入る。

『彼女のおばあさまでしたか？』

ガレットは柔らかな笑みを浮かべた。

『違うけど。彼女の保護者みたいなものだからね』

シャンテルはローガンの祖母とそのガレットという男のやり取りをただ見ていることしかできない。

（よく見たらこの男の人、おじさんじゃなかったかも）

ガレットをまじまじと見ていたシャンテルは、先ほど『おじさん』と口走ってしまったことがなぜか恥ずかしいと感じた。

それから一年後、シャンテルは王都へ行くことになるが、ローガンも一緒だった。

『ローガンも一緒でなければ行かない』とシャンテルがガレットに向かって言ったからだ。

それに対して、ガレットは微苦笑を浮かべていた。そしてローガン自身はシャンテルと共に王都へ行く気満々だった。

『シャンテル、君の意見を尊重しよう。見知らぬ人たちに囲まれて王都で勉学に励むのは、なかなか寂しいものがある。途中で挫折する恐れもある。だったら、知り合いがいたほうが精神的には楽になるだろう』

ガレットはローガンの顔をまじまじと眺める。

『君はなかなか整った顔立ちをしている。五年後の君には期待をしたいところだが、こちらの期待どおりの結果にならなかった場合、君のことは切り捨てるからそのつもりでいてくれ』

このようにして、シャンテルとローガンは十二歳になった時に王都へやってきた。その後、二人は王都にある王立の学園に通うことになる。

育ちのいい子やお金持ちの子が多く通うこの学園の中で、シャンテルやローガンのように、騎士団や魔導士団から勧誘された田舎の子というのも、ごくたまにいた。

シャンテルたちは、似たような境遇の者たちとつるんで勉学に励んでいた。そんな子どもたちの保護者兼責任者は、勧誘してきた騎士もしくは魔導士たちだ。だからシャンテルとローガンの責任者は必然的にガレットになっていた。

学園は魔導士のための魔導科、騎士のための騎士科、調薬師や事務官等を目指す者の特別科と、それ以外の普通科の四つに分かれていた。

シャンテルとローガンは、ガレットの指示により特別科へ進学していた。本来であれば、魔力のあるシャンテルは魔導科なのだが、魔導科で勉学に励むためには、魔力がものすごく少なくて弱かった。数年の学園生活においても、それは変わらなかった。

それでもシャンテルの魔力は国にとっても貴重な魔力。国のほうでなにかしら監視しておかなければならない。

シャンテルたちが進んだ特別科であるが、その授業の内容は本当に特別だった。特別なだけあって、このクラスに所属しているのはたったの五人だった。この五人はなんとか卒業できた。

一人は、調薬師見習いとして研究所へ所属し、残りの二人は事務官として騎士団に派遣されている。そして、シャンテルとローガンは漆黒騎士団へと入団した。辞令上には王族付き事務官と記載されていた。

彼らを見つけたガレットは、初めから彼女たちを漆黒騎士団に引き入れようと考えていたのだ。

ガレットとしては掘り出し物を手に入れた気分だ。狙いは魔導具師としてのシャンテルだったが、そのおまけについてきたローガンが意外と使えた。

ガレットの目に狂いはなく、ローガンは五年経ったら見目の整った爽やかな男性に化けていた。彼はその外見を使い、老若男女問わず情報をさりげなく聞き出すという特技を身に着けていた。別にガレットが教えたわけではない。彼は彼なりに自分の存在価値を見つけたのだ。

シャンテルは、学園時代からマイペースで、自分の世界観を持っていた。そんな彼女が夢中になったのが、魔導具製作である。恐らく親の影響によるものだろう。

彼女は魔石がなくても魔導具を作り上げることができた。魔石による魔導具は、魔石が保持する魔力を使い切ってしまうと魔導具として機能しない。

だが、シャンテルが作った魔導具は魔力がなくなれば注げばいい。

それをシャンテルは充魔力方式と呼んでいた。そしてこの魔導具が、漆黒騎士団の活動の幅を広げている。

漆黒騎士団に入団した後も、シャンテルは魔導具作りに励んだ。あまりにも魔導具製作ばかりしているため、そろそろ実務的な任務をというのが、今回の潜入調査までの流れである。

シャンテルは漆黒騎士団に入団して二年目にして、ようやく魔導具製作以外の仕事を命じられたのだ。

二十歳前後の女性が行方不明になるという話が漆黒騎士団の耳に届き始めたのは、約四か月前。

その件にあの夜鳴亭が絡んでいそうだという情報に辿り着いたのが三か月前。

だったら、誰かを夜鳴亭に潜入させるべきでないかという話になり、それならばシャンテルのデビュー戦にちょうどいいんじゃないかというガレットの一声で決まった。

それによって、シャンテルはシェインという酒場の店員を演じることになった。演じるというよりは、ほぼシャンテルの素のままだ。

あの酒場でシャンテルが働いて二か月。つまり、あの酒場に潜入して二か月。

やっとこの事件が動き出す――

第四章　助けに来てくれた男

「シェインちゃん。二か月の間ありがとうね」

乾杯と店長がグラスを掲げた。シャンテルも「乾杯」と同じように掲げる。

今日は、二十二時でお店は閉店となった。休日前でもないため、二十一時を過ぎた辺りから客はまばらになってきた。外に『本日の営業は二十二時まで』と書いた張り紙をしたからかもしれない。

お店を早めに閉めて行われていたのが、シャンテルの送別会だった。今日の夜鳴亭で仕事をしていた人たちだけではあるが、料理人が二人と、給仕が二人、そして店長とシェインの計六人で開かれた。

「シェインちゃんのおかげで、お客さんが増えたんだよ」

ちょっとお酒がまわって、頬を赤くし始めた店長が上機嫌に笑った。

「本当ですか？」

シャンテルも少し頬を染めて、嬉しそうに答える。

「ああ、そうだな。シェインが来てから、夕食時の料理がよく出るようになったな」

料理人の年配の一人も真顔で言う。

「そうそう。それで、俺たちのお給金も少しだけあがったんだぜ」

もう一人の料理人は、ガハハと笑った。

「おい、それはシェインには内緒だって言っていただろう」

店長が大げさに人差し指を立てて、シーっと言う。

シャンテルはこの店の雰囲気が好きだ。居心地がいい。

（そう……。ここは、家に帰ってきたような感じがする。お父さんやお母さんがいた時の）

王都に来てからも、ローガンがいてくれたし、ガレットが保護者代わりになってはくれたけれど、家族とは違う感覚だった。彼らはどちらかというと志を同じにする同志、仲間。

だけど、この店の人たちは、店長は父親のようだし、たまにお店に顔を出す店長の奥さんは母親のようだし、料理人のおっちゃんはおじいちゃんのようだし、給仕の人もお姉さんのようだし。トルナーの街に住んでいた時のような、そういう懐かしさが込み上げてきた。

だからこそ、このお店を守りたい。店長を救ってあげたい。その気持ちが奥底に沸々と沸き起こってきて、きゅっと唇を引き締めた。

「シェインちゃん。今日はね、みんなでとっておきの料理を準備したんだよ。お酒もほら」

自分の気持ちを気づかれないように表情を緩めた。今は、シャンテルではなくシェインなのだ。

店長が言うように、テーブルの上には料理人たちの自慢の料理と、ちょっと高くていいお酒が並んでいた。

「シェイン、これ食ってみな」

料理人が自慢の料理を小皿にとって、手渡してくれる。

「ありがとうございます」

その皿を受け取り、料理を口の中へ入れると、やはりどこか懐かしい味がする。

「ああ、やっぱり美味しいです。このお仕事での楽しみの一つが、賄いだったんですよね」

「シェインは正直だな」

おじいちゃんの料理人が、豪快にガハハと笑った。

美味しい料理と飲み物でお腹が満たされ、楽しい話と懐かしい話で胸がいっぱいになっていく。

時間も過ぎ「そろそろお開きにしよう」と店長は口にした。

みんなで片付けをし、それぞれが帰る時間。

「シェイン。たまには、料理を食べに来いよ」

別れとは辛いもの。いつまでも続いてほしいと思っていたこの時間。

だけど、その願いは叶わない。

「シェインちゃん」

店長に名を呼ばれ、顔を上げる。

「今日は遅いから、馬車を呼んであげるよ」

いつもの店長の笑顔なのに、その口元が引きつっているようにも見えた。

「ありがとうございます。最後までご迷惑をおかけして、申し訳ありません」

「いや、いいんだ。シェインちゃんがいてくれて、本当に助かったし。できれば、もっと働いてもらいたいくらいだった」

そこで待っていなさい、と店長からカウンター席を促される。この席はあの男がよく座っていた席だ。

あの男ともこれでお別れ。彼からは、言いかけられた大事な気持ちというものを聞きそびれたけれど、もうシェインはいなくなる。

彼は黄金騎士団の団長になるが、むこうはシャンテルに気づいていない。

だから、シャンテルがこの気持ちを心の奥底に沈め、浮かんでこないように石でもくくりつけておけば、彼はなにも知らないで終わるだろう。シェインとシャンテルは違う人間なのだ。見た目も中身も違う。

一緒に風呂まで入ってしまった仲にはなったけれど、魔法で変えている髪の色でシャンテルとシェインが別人であると誤魔化せているはず。シェインは真っ黒な髪。だけど、シャンテルはそれとは正反対の絹のような銀色の髪。

このわからない曖昧な気持ちと共に、シェインを永遠に封印する。

「シェインちゃん」

店長に呼ばれ、首をくるりと向けた。

「ちょっと迎えが来るまで、時間がかかるみたい。これでも飲んで待っていてくれる？」

手渡されたのは青い色の飲み物。とても鮮やかで透き通るような青だった。

「新作。シェインちゃん、今日で最後だからね」

笑っている店長だが、その笑顔はどこか悲しくも見えた。

「ありがとうございます」

シャンテルはわかっているはずなのに、それを手に取り「いただきます」とグラスに口をつける。

じっとその様子を店長が見ている。

(うん、わかっている。これに、睡眠薬が入れられていることを)

それでもシャンテルはその青い飲み物を飲んだ。喉を刺激しながら通りすぎていく。

「店長。これ、とてもさっぱりしていて美味しいですね」

とろんとした視線を浮かべて、シャンテルは笑う。

「そうかい」

その店長の顔は、どこか苦しそうにも見えた。

「馬車、遅いね。ちょっと外の様子を見てくるね」

「はい」

少し舌足らずな返事をしたのはわざとだ。さらにカウンターに突っ伏して寝たふりをする。

残念ながら、こんな睡眠薬で眠ってしまうようなシャンテルではない。怪しい薬の耐性というものも訓練で身についている。この場合、その怪しい薬を準備してくれるのはメメルである。

店の入り口が開く気配がした。恐らく外の様子を見に行った店長が戻ってきたのだろう。カウンターに突っ伏して眠っている彼女に声をかける。

「シェイン、ちゃん……」

名を呼ぶその声が震えている。

「寝ちゃったのかい？」

顔を覗き込んでいる気配を感じる。だが、眠っているふりを続けるため、店長の行為に反応してはならない。

「シェインちゃん……」

ちょっと肩を揺さぶられた。だけど彼女は眠っている。

「ほう、薬が効いたようだね」

眠っているふりをしていると、聞いたことのある声が耳に届いた。この声は魔導録音器に登場してきた魚料理を好んで食べていた男だ。

「店長さん。相変わらず、あんたも悪だねぇ」

ねっとりとした喋り方が特徴的だった。

「それはっ」

言い訳しようとする店長だが、それ以降の言葉が出てこない。

「まあ、どうでもいいんだけど。こっちとしては女が手に入ればね」

魚料理の男がニタリと笑った。

「おい、お前たち。この女を馬車まで運べ」

「御意」

シャンテルの身体はふわりと浮いた。誰かに抱っこされているのだが、お姫様抱っこのようだ。これで相手が自分の好みの王子様だったら文句はないのだが、きっと相手は魚料理の男の手下だろうなと思うと、少し気持ちが萎えた。

「もう少し、上玉のほうがよかったんじゃないのか？」

恐らく彼女を運んでいる男だろう。その男がそんなことを口にした。

（失礼な奴……）

そんな風に心の中で思い、仕返しをしてやろうと企む。

「いや、この娘。眼鏡と髪型で誤魔化しているが、上の下くらいの娘だ。それに器量はいい。働き手として問題はないだろう」

（お、魚料理の男が褒めてくれた。こいつ、いいこと言うじゃん）

シャンテルにはまだ余裕があった。なにしろ、寝ているふりをしているのだから、身の危険を感じたらその目を開けて、回し蹴りの一つや二つを繰り出せばいいのだ。

それにあの魔導通話器は、また胸の間にごそごそと押し込めてある。

（隠すことのできる谷間があってよかった）

シャンテルは心からそう思っていた。そしてシャンテルの分だけは、ほかの二台よりも小型軽量化してあるのは、相手に気づかれないように持っている必要があったためだ。

シャンテルは魚料理の男とその手下たちに連れられ、馬車に乗せられたようだ。頭が硬い座席ではなく、誰かの膝の上に乗せられた。

いわゆる、膝枕である。眼鏡ははずされ三つ編みにしていた髪の毛は解かれる。

「ほら。見てみろ」

膝枕の主は魚料理の男だった。間違いなく彼がこのメンバーの中心的人物であるとみていいだろう。

「へぇ」

声色から察するに、ほかには二人の男がいるようだ。つまり、魚料理の男をいれて三人。三人であれば、魔法を使ってなんとかなるだろう。

「自分の魅力に気づいている者は、無闇にそれをひけらかそうとはしないものなのだよ」

魚料理の男から名言が飛び出た。ほかの二人は、ふむふむと頷（うなず）いている。

そして、馬車はゆっくりと動き出す。

カタンカタンと不規則な揺れが、シャンテルの身体に伝わってきた。

シャンテルが攫（さら）われる様子を隠れて覗（のぞ）いていたのは漆黒騎士団のメンバーである。現場指揮を執る団長のガレット。そして団員のローガンとタイソン。そのうしろに控えているのが調薬師のメメルと魔導士のラッセルである。

「行ったようだな」

ガレットが呟（つぶや）く。ほかの四人は黙って頷（うなず）いた。

「ローガン、あの馬車の後を追えるな？」

ガレットの言葉にローガンは大きく頷（うなず）く。

「ラッセルはローガンに素早さの魔法を」

素早さの魔法とはその名のとおり、ローガンの動きの早さを高めてくれる魔法である。

「それから、万が一のための追跡魔法を」

追跡魔法とは、彼がどこにいるかがわかる魔法のことだ。この追跡魔法は相手が拒むと使えない魔法であるため、こうやって身内同士でしか使えない。ローガンが馬車を追い、その後を追跡魔法が追うことで、彼の居場所がわかる仕組みになっている。

さらに、ガレットの手元にはシャンテルの作った魔導具である魔導通話兼追跡器。この魔導具ではシャンテルの居場所を追う。

ローガンに馬車を追わせたのは、念のため。彼女になにかあった場合に備えて、ローガンがすぐさま動き、それをフォローする。

「団長」

落ち着いた声でタイソンがガレットを呼んだ。

「あの馬車のうしろに、誰か飛び乗りました」

タイソンの指摘にガレットは目を凝らす。暗くてよく見えないが、タイソンの言うとおり馬車の後方にしがみついている人間がいる。その姿に、ガレットは見覚えがあった。

ガレットはシャンテルから渡された魔導通話器を手にした。そして回転式ボタンをとある場所へと合わせ、目的の人物と通話を開始する。

「陛下、あなたの仕業ですね」

ガレットの冷たい声が響くと、魔導通話器のむこう側からは楽しそうな笑い声が聞こえてきた。

グレイクは今日も彼女を待っていた。一昨日は邪魔をされた。昨日、彼女は休みだった。
そして今日はなぜか店が早々に店じまいを始めた。彼女は二十二時までの勤務のはずなのに、帰宅する様子もない。そして閉店しているはずなのに店内は騒がしい。

ちらっと窓から店内を覗（のぞ）いてみた。

なにやら店員たちで飲み食いを始めたようだ。なにかのパーティーだろうか。窓の下に身を潜めていると、中の声が漏れてくる。どうやら彼女は今日でこの酒場を辞めるらしい。

これはまずい、と彼は思った。この酒場で働いているということ以外は、彼女の素性をなにも知らないのだから。彼女にこの酒場を辞められてしまったら、もう会えなくなってしまう。

グレイクは彼女が帰路につくまで、ここで待っていようと思った。だが、国王から言われた言葉も心の中でくすぶっている。

『最近、この王都では若い女性が行方不明になる事件が頻発していてな』

『行方不明になる女性の共通点を探ったところ、どうやら夜鳴亭で働いていた、という事実にいきついた』

『お前の女も危ないんじゃないのか？』

まだ、俺の女じゃないが、と反論したかったが、そうなることも期待していたため、反論はしなかった。

その場に膝を抱えて座り込み、深く息を吐く。

店内からは賑（にぎ）やかな声が漏れてくる。彼女はこの店員たちにも好かれていたんだな、とわかるくらい、とても明るい声だった。

自分がやってしまった行為の意味を考えると、後悔しかない。反省もしている。とにかく、一言謝って、そしてまだ伝えていない気持ちを伝えたい。

しばらくの間、グレイクはそうやってしゃがみ込んでいた。時間も時間であるし、裏通りに面しているこどもあって、グレイクの前を通る人はほんの数人しかいなかった。そして建物に寄り掛かって座っている彼は、酔っ払いと思われているのだろう。不審な目を向けられつつも、誰一人、グレイクに声をかける者はいなかった。

店内から賑（にぎ）やかな声が消え去り、一人、また一人と帰路につく。それでも彼女は出てこない。もしかして、時間も遅いから馬車を待っているのだろうか。そうなると、彼女を捕まえて話をすることが難しくなる。

そうこうしているうちに、馬車が一台やってきて店の入り口の前で止まった。

どうやら様子がおかしい。下卑た笑いをする男たち。その三人の男が店内へ入ると、一人がシェインを抱きかかえて馬車に乗り込んだ。彼女は眠っているようだ。

『最近、この王都では若い女性が行方不明になる事件が頻発していてな』

(そういうことか)

グレイクは走り去る馬車に向かって駆け出し、徐々に速度を上げる馬車へと飛び乗った。

馬車は町の外れの大きな屋敷の前で止まった。

(この屋敷は、どこの屋敷だ？)

ここ二か月ほど前に戻ってきたグレイクにはその場所がわからなかった。

男たちが馬車の中から降りてくる。一人の男がしっかりと彼女を抱きかかえていた。ここまで来てこうやって運ばれているにもかかわらず、彼女が目を覚まさないことがいささか気になった。もしかして薬でも飲まされているのだろうか。

さっと背筋に寒気が走った。彼女を助けなければ、という思考がグレイクの頭の中を支配する。

「彼女を離してもらおうか」

彼女を抱きかかえて屋敷の中に入ろうとする男と、そしてそのうしろをついている男。それらの背中に向かってグレイクは声をかけた。三人が驚き、振り返る。

「なんだ、貴様は」

手下と思われる一人の男が身体の向きを変えた。もう一人の男も同じようにこちらを見る。

だが、彼女を抱きかかえている男だけはそのまま屋敷の中へと逃げ込んだ。

二対一。見るからに敵が二なのだが、グレイクだって白銀騎士団の部隊長を務めていた男であり、これから黄金騎士団の団長となるような男だ。

騎士でもなんでもないこんなごろつき男たちの二人くらい、なんとかなるだろう。

グレイクはすっと腰を落として身構える。相手の男は刃物を持ってこちらに向かってきた。残念ながら、騎士としてここにいるわけではないグレイクの腰に剣はない。

男の一人が刃物を振り上げたため、身をかがめてその懐に入り込んだ。さらに振り上げた右手の手首を掴み取ると、その手首に手刀を落とす。驚いた男は、手にしていた刃物を落とした。そのままグレイクは男の手をひねりあげ、その手を男の背に回した。変なひねり方になったのだろう。

「いでででで」

男は騒ぐのだが、困ったことにこの男を拘束するための道具がないことに気づいた。仕方ないから、この男の後頭部に頭突きをかます。男はよろよろと前に倒れそうになった。そこに足を振り上げ、側頭部目掛けて蹴り上げる。男は見事に地面に倒れ込んだ。

背後に気配を感じたため振り向くと、もう一人の男が同様に刃物を振り上げていた。手首を掴み取る。先ほどの男と違い、こちらの男のほうが力はあるようだ。左手でその男が刃物を持っている右手首を押さえているのだが、先ほどからこの状態のままの膠着状態が続いている。空いている右手でその男の胸座を掴み、頭突きをしようとしたが、相手のほうがほんの少し動きが早かった。

首のうしろにビリリという衝撃を感じる。

(違法魔導具か)

グレイクはそう思ったのだが、その後、すぐに気を失った。

「……さま、レイ様」

優しい声がグレイクの名を呼ぶ。それも愛称のほうだ。この呼び方をするのは彼の兄である国王と、彼が気持ちを伝えたいと思っている女性の二人だけ。

「レイ様、レイ様」

聞きたかった声。呼ばれたかった名前。

「シェイン……？」

「レイ様。お気づきになられましたか」

グレイクがゆっくりと目を開けると、目の前にはぼんやりと彼女の顔があった。

思わず抱きしめたいと思って両腕を伸ばそうとしたが、その両腕が縄で拘束されていて、動かすことができなかった。

「レイ様。ご気分はいかがですか？」

薄暗い場所であるが、目が慣れてきた。

彼女のその姿形が彼女であることを認識する。目の前の彼女を観察すると、縄で両手首を背中のほうで縛られ、足首もがっしりと固定されていた。そんな状況におかれていても、グレイクの身を案じてくれている。

「ああ、問題ない」

次第に脳内が鮮明になってきた。自分が置かれている状況を冷静に分析し始める。両手は彼女と同じように背中でがっしりと縛られている。ご丁寧に足首と太腿まで結ばれていた。そのままこの冷たい石の床の上に横たわっていたのだ。

うしろの手をごそごそと動かして、縄抜けを試みようとするが、うまくできなかった。これは心得のある者が縛ったに違いない。

「あの、レイ様」

グレイクが縄を解こうと画策していることに気づいたのだろう。彼女が真面目な表情でグレイクを見つめていた。

「手は、どのくらい動かせますか？」

「手？」

「はい。縛られているのは手首だと思うのですが、指などは動かすことができますか？　物を掴むことができますか？」

なぜ急に彼女がそんなことを問うのか、意味がわからなかった。

だが、賢明な彼女のことだ。なにか考えがあるのだろう。

「そうだな、そう言われると縛られているのは手首だ。指は自由に動かすことができる」

「でしたら、私、刃物を持っておりますので、それを取り出していただけないでしょうか」

「刃物？」

「はい。この縄を切るために」

「わかった。その刃物はどこに隠し持っているのだ？」

「えっと、私の胸元に」

だからあの男たちに見つからなかったのだ。だが、グレイクは少しだけ考えた。

（彼女は今、なにを言った？）

そんなグレイクの動揺にもちろん彼女は気づいていない。

「えっと、レイ様。起き上がることはできますか？」

両手両足をがっちり縛られているグレイクだが、そのくらいはできる。

「私が、レイ様の背中のほうに回り込みますので、そこで私の胸元からその刃物を取り出していただけないでしょうか」

グレイクにとって理性を試されるような試練だった。

少し時間はさかのぼる。

魚料理を好む男によって抱きかかえられたままのシャンテルはそのまま眠ったふりをしていた。

どこかの屋敷の前で、馬車はカタンと止まった。

『彼女を離してもらおうか』

危うくその声に反応して目を開けてしまいそうになった。声を聞いただけで誰がそこにいるのかなど、すぐにわかる。

だがシャンテルはけして目を開けず、身体を魚料理の男に預けたまま、屋敷の中に連れ去られることにした。彼のことが気にならないわけではない。だけど、ここで反応してしまったら二か月に及ぶ潜入調査がすべて泡となって消えてしまう。それでも、気持ち少し高鳴っていた。

シャンテルが連れ去られた先は屋敷内の地下室のようだった。

（せめて、もう少し居心地のいい部屋にしてくれればいいのに……）

魚料理の男はその地下室を出る前に、しっかりとシャンテルの両手と両足首を縄で結んでいく。

彼女が意識を取り戻した時に、逃げないようにするためだ。

バタンと重く扉が閉まったことを確認してから、シャンテルは身体を起こした。

縛られているところが手首と足首だけでよかった。この状態であれば、お尻を使えば移動ができるし、壁に背をつければ立ち上がることだってできる。室内は薄暗い。地下室であるため、外からの月明かりも入り込んでこない。真っ暗ではないのは、足元に常備灯があるからだ。これは生活魔導具と呼ばれるもの。

どこかにこの縄を切れそうな場所がないかを探す。もぞもぞしていたら、部屋の外から誰かがやってくる足音が聞こえてきた。シャンテルは寝たふりをするため、ふたたびコテンと横になる。

ギッと扉が軋んだ音を立てた。二人がかりで一人の男を運んできたらしい。シャンテルは運ばれた男が誰であるか、なんとなくわかっていた。

「なんだったんだ、この男は」

男を運んできたのは、魚料理の男の手下たちだ。

ドサッと気を失っている男を床の上に放り投げ、彼の腹に一発蹴りを入れてからその扉を閉める。

シャンテルは足音が遠ざかっていくのを確認してから、上半身を起こす。器用にお尻を使って移動をして、今放り投げられた男の元へと近付く。

顔を見ると、やはりグレイクだった。

「レイ様、レイ様」

名前を呼んでみる。彼は少し苦しそうに顔を歪めた。

「レイ様、レイ様」

部屋は暗いが、彼の表情はなんとなくわかる。瞼がひくりと動いて、空色の目が開いた。

「シェイン……？」

彼も気がついたようだ。

シャンテルは手足を拘束している縄をどうしても外したかった。グレイクもその気持ちは同じようで、縄抜けを試すような動きをしていた。だが、心得がある者が縛ったのだろう。自力で縄を解くのは難しそうに見えた。

グレイクに話を聞けば、手は動かせると言う。だったら、胸元に隠してある刃物を取り出してもらおう。

彼女が魔導士であったのなら、この縄を炎の魔法でじゅっとこんがり焼いてしまえばいいのだが、魔導士ではないシャンテルは、残念ながらそのような技を使うことはできない。

そのため、彼女は刃物を隠し持っているのだが、この両手を縛られている状態ではそれを取り出すことができない。どこかに引っ掛けて、地道に摩擦でこの縄を切ることも考えていた時、グレイクが同じ場所に放り込まれてきた。彼がいるならば、隠し持っている刃物を取り出してもらったほうが、手っ取り早く縛られている縄を切断できると判断した。

シャンテルはまた器用にお尻歩きで、グレイクの背後に回り込んだ。

「あの、レイ様。届きますかね？」

シャンテルはグレイクの手の辺りに、自分の胸元を近付けた。グレイクはその手を彼女の胸元に忍び込ませる。

「ひ、んっ」

シャンテルが変な声を出してしまったのは、グレイクが触ったせいで不可抗力だ。どうやら、彼女の敏感なところに間違えて触れたようだ。

「す、すまない。わざとではない」

「その、もう少し下です。そちらのほうに手を」

シャンテルは魔導通話器を持っている。となれば、この会話はガレットと国王にも筒抜けなのだ。シャンテルはそれを知っているが、グレイクは知るはずもない。

「これか？」

グレイクが目当てのものを見つけたようだ。そっとそれを胸元から引き抜いた。

「はい、多分。それで合っていると思います」

シャンテルはくるりと向きを変える。グレイクと背中合わせになり、彼の手から刃物を受け取った。刃物といっても、飛び出しナイフである。

器用に片手でナイフの刃を出すと、両手を縛っている縄を切った。両手が自由になれば、こちらのものだ。足を縛っている縄を切る。それからすぐにグレイクを縛っている縄も切った。

「レイ様。ご無事ですか？」

座り込んでいるグレイクを見つめて、シャンテルは右手を差し出した。その手を取り、彼は立ち上がる。

「ああ。俺は大丈夫だ。シェイン、君は？」

「ええ、私も問題ありません。レイ様はどうやら、違法魔導具でやられたようですね」

シャンテルは、グレイクの首のうしろに触れた。

「わかるのか？」

驚いたグレイクはそう尋ねてきた。

シャンテルはコクンと頷く。彼が違法魔導具でやられたと推測したのは、そこから変な魔力を感じたからだ。

「体力回復薬、必要ですか？」

今日の天気を尋ねるような口調で、シャンテルは尋ねた。

「いや。そこまでではない。大事な回復薬だろ」

グレイクの言葉に、胸元から出しかけた回復薬を、また胸元へと押し込んだ。

彼の視線がシャンテルに纏わりつく。なにか言いたそうに、彼は彼女を見つめている。だがこの状況だ。すぐさま指示を仰いで、次の行動にうつしたい。

「シェイン」

右手をグレイクに捕まれ、動きを封じられる。

「その……。俺の子どもを産んでほしい」

グレイクがぎゅっと両手で抱きしめてきた。彼女はその手をけして彼の背中に回そうとはしない。

グレイクの胸元にある彼女の頭は、深く深く息を吐く。

「あの、レイ様」

シャンテルが顔を上げた。

「あの時のことは忘れてくださって、結構です」

彼女はすぐさま両手を前に出してグレイクを突き放す。

グレイクは彼女のその行動に驚き、目を丸くする。それでもグレイクも負けてはいない。

「だが、ここで新しい命が芽吹いているかもしれない」

つつっと人差し指で、シャンテルのお腹の上をなぞった。

「残念ながら、それはあり得ません。あの後、事後避妊薬を飲みましたので」

にっとシャンテルは笑みを浮かべる。

「事後、避妊薬、だと？」

　事後避妊薬は簡単に手に入る代物ではない。メメルがいたからいとも容易く手に入れることができたが、本来であれば然るべきところに申請をして手に入れるものなのだ。

「はい。レイ様が責任を取る必要はございません。それに」

　彼女はさらに言葉を続ける。

「この事件が解決した時、あなたの愛したシェインはもういません。ですから、どうぞ忘れてください」

「忘れる？　なにを？」

「シェインと、そしてここにある、あなたのその気持ちを」

　彼女は右手で拳を作ると、それでトンとグレイクの胸元を叩いた。

「シェイン。俺は……」

　シャンテルでさえその言葉の続きは予想できた。愛している、もしくは好きだ。それを言ってもらいたいと思っている自分もいる。だけど、それに期待をしてはいけない。

　なぜなら、自分は漆黒騎士団に所属している人間。裏の汚れ仕事をこなす人間。彼のようなきらびやかな世界にいる男とは違う人間なのだ。

　シャンテルはグレイクの言葉の先を奪った。

「はい。ですから、その気持ちは忘れてください。責任も取らないでください。シェインのことはもう愛さないでください。私から言えることはそれだけです」

「シェイン。君は、一体……」

「ですから。あなたが愛したシェインはもういません」

そこまで言ったシャンテルは、髪を高い位置で一つに縛った。胸元から魔導通話器を取り出し、腕にくくりつける。彼女の魔導通話器は、その動きの邪魔にならないように腕輪のように身につけられるようになっているのだ。

「こちらシャンテル。彼らの潜伏先へ潜入成功しました」

『……シャンテル』

魔導通話器から聞こえてきた声は、国王のものだ。この作戦の総指揮を執る。

『そこにグレイクがいるだろ。彼と話せるか？』

「はい」

すっと、グレイクの前にシャンテルは魔導通話器をつけている腕を差し出した。

「グレイク様。陛下です」

彼は目を細めた。

『おい、グレイク』

「兄さん」

『お前。なに、情けない声を出している』

ははは、と楽しい笑い声が聞こえてきた。

『お前たちのやり取りは、筒抜けなんだよ』

やはり魔導通話器によって、先ほどのやり取りを聞かれていたようだ。グレイクによる一世一代の告白と、盛大に振ったその瞬間を。

『グレイク。お前はシャンテルのサポートに入れ』

「どういうことだ？　シャンテルとは？　シェインは？」

めんどくさいな、という呟き(つぶや)が腕輪のむこうから聞こえた。

『彼女はシャンテルだ。いつも茶を淹(い)れてくれてただろう？　あの事務官だ』

「事務官？」

『まあ、事務官というのも仮の姿だがな。お前がきちんと今回の役目を全うした時には、すべてを教えてやるよ。とにかく、シャンテルのサポートに入れ。彼女、魔力がクッソ弱い上に少ない。そして、加減を知らない。わかったな』

「……はい」

グレイクは渋々と返事をする。国王の言葉は絶対だ。

「グレイク様。陛下とのお話は終わりましたか？」

「あ、ああ。君は一体……？」

「今、陛下から説明があったとおりです。私は陛下付き事務官のシャンテル・ハウスラーです」

彼女がパチンと右手の人差し指と親指で音を鳴らすと、その髪の色が変わった。黒色の髪から銀色の髪へ。薄暗い中でもわかるくらい、はっきりと髪の色が異なる。

「あ」

「おわかりになられましたか？　グレイク様」

さてと、とシャンテルは続ける。

「ここからが、本番ですよ。グレイク様」

そうかっこよく口にしたものの、ここからどうするかが問題だった。

「まずは、この部屋から出なければなりませんよね」

淡々としているシャンテルに対して、まだグレイクは状況が飲み込めていない様子。

「んー、やっぱり鍵がかけられていますね」

彼女が押したり引いたりしているのは、外に通じる扉である。この地下室の出入り口はここしかない。だが、先ほどから押しても引いても、横に引いてもびくともしない。

「しっ」

グレイクが彼女の動きを制した。

「こちらに」

グレイクが彼女の腕を引っ張った。扉が開いた時に死角になる場所へと移動する。

外から足音が聞こえてきたのだ。ついでに、なにかしらの会話も耳に入る。

『つたく、人使い荒いよな。今度は女だけ連れてこい、だとよ』

『男のほうは？』

『どうせ、気を失ってるんだ。女だって寝てるだろうし。そのまま担いでくればいいだろ』

声から判断するに、ここへ向かってきているのはどうやら先ほどのあの二人らしい。足音はこの部屋の前で止まり、カチャリと鍵を開ける音がする。

シャンテルも息を潜める。もちろんグレイクも。ゆっくりと扉がこちら側に迫ってくる。

「あれ？　いない？」

一人の男がそんな情けない声を出した。

「いないわけがないだろ。しっかり縛ってるし。眠ってるし。動けるわけがない」

もう一人の男。そして、扉がギギッと音を立ててゆっくりと閉まる。

バタンッ――

瞬間的に訪れる闇。シャンテルとグレイクは息を潜めてそれぞれ男の背後に立つ。グレイクは男の腕を取り、変な方向に締め上げる。シャンテルは右足を蹴り上げ、男の右側頭部へと命中させる。

「なんだ、このっ」

グレイクが締め上げている男が声をあげた。騒ぎを聞きつけてほかの奴らに来られてもまずい。

シャンテルはすかさず眠りの魔法をその男にかける。そして、自分が蹴り飛ばした男にも同様に魔法をかける。先ほどまで自分たちを縛り上げていた縄で、男たちの両手両足を拘束した。

「シャンテル」

グレイクが彼女の名を呼ぶ。彼はもう彼女をシェインとは呼ばない。

「君は一体……」

シャンテルも振り返り、グレイクの顔を見つめた。

その時――

バーンと勢いよく扉が開いた。

「シャン、無事だった？」

現れたのは黒い騎士服を纏(まと)っているローガンである。

「あ、ロー」

「はい。シャン、着替え。三十秒で着替えて。せっかくのデビュー戦なんだから。で、こっちの男は、誰？　ボク、聞いてないんだけど」

ローガンから着替えを受け取ったシャンテルは、今まで着ていたワンピースを脱ぎ捨て、漆黒の騎士服を手早く身に着ける。

「おお、シャン。似合うじゃん」

「なんか、これ。すごく動きやすい」

「えと、君たちは……」

シャンテルとローガンのやり取りを見ていたグレイクが口を挟む。

二人が着ているのはどこからどう見ても騎士服である。だが、彼らが纏うのは白銀や黄金の騎士服とも違う、黒い騎士服だ。

「私たちは、陛下付きの事務官です。グレイク様」

シャンテルは国王が言ったことと同じことをもう一度口にした。

「グレイク？」

彼女が口にした名前を、ローガンは口の中で小さく呟いた。彼もその名は聞いたことがあるのだろう。

「ま、いいや。味方ってことでいいんだよね？」

ローガンの言葉にシャンテルは頷いた。

『おい、シャンテル。ローガンと合流したのか？』

「うわ。びっくりした」

突然、シャンテルの魔導通話器からガレットの声が聞こえてきたため、ローガンが一歩退く。

「はい、団長。合流しました」

『よし。ローガンは攫われた女性の居場所を探れ。シャンテルはグレイク殿と一緒に犯人たちを拘束しろ』

「え」

ガレットからの指示に、シャンテルの本音が思わず零れた。

（グレイク様と一緒に？）

また心臓がトクトクと速く動きだす。

『なんだよ、嫌そうな声を出すなよ』

「いやいやいやいや。相手、十人以上いるんですよ。ほかに、応援は来ないんですか？」

揺れた気持ちを悟られないように、シャンテルはガレットに尋ねた。

『今、向かってる。それまでなんとかしろ。そのためのグレイク殿だ』

今回もガレット得意の『そのため』が発動した。

「りょーかいです」

ピッと通話を終えると、シャンテルは大きく息を吸って吐き、胸元に隠してあった魔力回復薬を一粒飲む。

「では、行きましょう」

地下室の重い扉を開け、三人は廊下に出る。音を立てないように階段を上る。先頭はローガン、次にシャンテル、グレイクと続く。

一階の踊り場に出た。

ローガンはそのまま二階へと上がり、シャンテルとグレイクは一階の廊下へと身体を向ける。この時刻だからだろうか。廊下を歩いているような人はいなかった。

それでもどこからか、人の話し声が聞こえる。そちらへと、静かに進む。恐らくこの部屋だろう。

扉の前で立ち止まる。

それを少し開け、シャンテルはちらっと中を覗く。

（うん、見なかったことにしよう……）

静かに扉を閉めた。

「どうした？」

その様子を見ていたグレイクが声をかける。

「いや、ちょっと。人が多すぎです。二人では無理ですね。先に、ローと一緒に攫われている女性を探します」

シャンテルはゆっくりとその部屋の前から立ち去り、先ほどの階段の踊り場まで戻る。腕にくくりつけてある魔導通話器に向かって、小さな声でぼそぼそと話し始めた。

「団長、二人では無理です。数が多すぎます」

『そうか？　好きに暴れていいんだぞ？』

「先に、ローと一緒に攫われている女性を探したほうがいいかな、と思ったのですが」

『それは、もう心配するな』

「え？」

『すでにラッセルが動いている』

「へ？」

『彼の魔法で、幾人かは救出済みだ』

「え？　っていうか、団長。今、どこにいるんですか？」

『その建物の外』

そんなやり取りをガレットとしていたから気づかなかった。

「あいつら、遅くねーか？」

そう言いながら、二人の男がこの階段に近寄ってきたのを。

それに先に気づいたグレイクが、男の一人に一発肘鉄を食らわす。

食らってないほうのもう一人の男が、グレイクに飛び掛かろうとする。すぐさまシャンテルはしゃがみ込み、その男に足をかけた。前のめりになった男は、階段の下まで転がり落ちていった。

男たちの側まで駆け寄って、シャンテルが眠りの魔法を放つ。シャンテルの眠りの魔法は対象者に触れないとかけることができない。便利そうで不便な魔法である。普通の魔導士であれば、かっこよく遠隔で眠らせることができるのかもしれないが、魔力が弱いシャンテルにはこの方法でしか魔法を使うことができないのだ。

「そういうことのようです。グレイク様。あきらめて、先ほどの部屋に戻ります」

「すまん、状況を説明してもらってもいいか？」

「ああ」

左手の手のひらに右手の拳をポンと叩きつけ、シャンテルは頷(うなず)いた。

グレイクがこの状況を把握していない、ということに今更ながら気づいたのだ。

「えっと。簡単に説明しますとですね……」

シャンテルは簡潔に説明した。簡潔すぎた説明だったかもしれないが、グレイクは真剣に彼女の話に耳を傾けている。

「わかった。とにかく、先ほどの男たちを拘束すればいいんだな」

「はい。ですが、一つだけお約束がありまして」

「なんだ？」

「怪我(けが)をさせてはいいのですが。殺してはダメです」

「善処する」

シャンテルを先頭に、二人は先ほどの部屋の前まで戻る。

シャンテルはちらっと中を覗(のぞ)く。

「どうだ？」

「楽しそうに、飲み食いしてますね」

緊張感のないシャンテルの言葉に、思わずグレイクも笑みを零(こぼ)した。

シャンテルとはそういう女性なのだ。周囲からは大変な状況ではないのか、と思われるような状況であっても、本人はそれを大変な状況であるとは思っていない。むしろ『楽しんでいる』。そんな表現をしたら不謹慎かもしれないが、目の前にある現状に対して、できることをしようと一生懸命考え、行動にうつそうとしている。『前向き』という表現が適しているのかもしれないが、そんな軽々しい言葉一つでは表現もできない。

「グレイク様。行きますよ」

そっと小声で呟くシャンテルに、グレイクは頷いた。

バンッと勢いよく扉を開けると、彼らの注目を浴びてしまうため、シャンテルはそろりと扉を開けた。それでも気づかれてしまう時は気づかれてしまうもので、飲み食いしている男の一人が振り返る。

「あん、戻ってきたのか？　って、お前たち、誰だ」

「誰だ、と言われて名乗るような者でもありませんが」

ゆっくりとシャンテルは男たちに近付いた。男たちも立ち上がり、シャンテルとの距離を縮めてくる。

だが、立ち上がって近付いてくる男たちだけではない。ゆっくりと出入り口の扉のほうに移動して、そこから逃げようとする者もいる。

それにすぐさま気づいたグレイクが走り出し、その男の腕を掴んだ。

「いでででででで」

汚い声が男から漏れる。

「お前ら」

男たちから明らかな敵意を向けられる。すっと右足を引いて、シャンテルは構えた。

シャンテルは、先ほど魔力回復薬を飲んでから二人を眠らせた。だから、魔力は恐らくあと二人眠らせる分は残っているはずである。隙を見て、魔力回復薬を飲まなければならない。いざとなれば、魔導通話器を切る必要もある。

彼女の目の前の男が腕を振り上げた。その手に握られているのは違法魔導具である。それに触れると、間違いなくなにかしらの魔法が発動する。

しかも回復とかそういったよいほうの魔法ではなく、ビリっと雷に打たれたような感じになるとか、冷たい氷に触れたような感覚になるとか、火傷するとか、そういった攻撃的な魔法だ。

違法魔導具とはその名のとおり、法を犯している魔導具のこと。魔導具は生活を豊かにするために使うものであって、けして人を傷つけたり脅したり、そして殺したりするために使うものではない。だから、人を傷つけ、脅し、殺すための魔導具は違法魔導具と呼ばれているのだ。

シャンテルは頭を下げて、男の手をかわすと彼の背後へ回り込む。腰から剣を抜き、その剣の柄頭で男の背を一気に突いた。振り上げた手を、おろした時の反動とうしろからの力によって前のめりに倒れる男。その男の背に触れ、シャンテルは眠りの魔法を放つ。

魔力はあと一人分。

視界に影が生まれた。背後に別な男の気配を感じる。その男の腹目掛けて、シャンテルは右足を後方に振り上げた。見事、みぞおちに決まったようだ。お腹を押さえて、数歩下がった男は音もなく膝をついた。

驚いて視線を向けた先には、グレイクが立っていた。彼が男の背後から首のうしろを突いたのだ。

「あまり、無理をするな。俺もいる」

そう言った彼は、まだ残っている男へと身体を向けた。

グレイクの言葉がシャンテルの心を強くする。

倒れた男の手首を捕らえ、眠りの魔法をかけた。

ふらりと目の前が暗くなる。これは魔力切れの一歩手前の症状だ。

急いで魔導通話器を切り、メメルからもらった黒い錠剤を口の中へ放り込んだ。魔導具を使っている間の魔力消費量がいまだに掴めない。常に魔導具に魔力を吸い取られている形になっているのだろう。シャンテルの作った魔導具は、一度魔力を注げばある程度の時間は使えるようになっているはずなのだが。

ちらっとグレイクに視線を向けると、彼も幾人かの男たちと交えていた。下に転がっている男たちは、気を失っているようだ。

「この女」

武器を持たない男が、椅子を大きく持ち上げてきた。重いものを上げてからそれを下ろすまでは、意外と時間がかかる。

シャンテルは椅子の男の身体の下から逃げ出し、彼に背中に回り込んで足を振り回す。椅子の重さと蹴りの力によって、男は椅子の背もたれの先端に胸を打ち付けた。

「がほっ」

その隙に眠らせる。

シャンテルに襲い掛かってくるような男たちはもういなかった。彼女に手を出した者は皆、夢の世界へと行っている。

出入り口付近で奮闘しているグレイクの足元には三人の男が転がっていた。そして今、二人とやり合っている。

シャンテルはそのうちの一人の背中めがけて跳躍する。

膝を曲げて飛び乗り、肩に手をかけ激しく頭を振って、頭突きをする。そして、そのまま夢の世界へと誘う。

ふと顔を上げると、グレイクも一人の男を気絶させたところだった。念のため、その男にも眠りの魔法をかける。そして、足元に転がっている三人の男にも魔法をかける。途中、魔力回復薬を飲んだ。これで、三回目である。

バンと乱暴に扉は開かれ、静かになったその部屋には複数の足音が響き渡る。

「シャンテル」

ガレットは目の前の光景を見て、ほくそ笑んでいる。

「あ、団長。任務完了です」

「なにが、任務完了です、だ。魔導通話器を切っただろ。私たちがどれだけ君のことを心配したか、わかっているのか」

まさか、そのせいで怒られるとはシャンテルも思っていなかった。

「すみません。ちょっと魔力を吸い取られているような気がして、それで切ったんですよね」

そこで魔導通話器を元に戻す。

「まあ、君が無事ならそれでいい」

ガレットはシャンテルの頭をぽんぽんと叩いた。彼女の背後に立つグレイクに顔を向ける。

「グレイク殿、このたびはご協力感謝する」

（お、いつもの団長とちょっと違う）

シャンテルは疲れた様子を見せずに、目を丸くした。

「いや。私は大したことはしていない。これは、ほとんどシャンテル殿が」

そう言っているグレイクだって、ここにいた男とやり合い、気絶させている。命を奪わないというシャンテルとの約束をしっかりと守ったのだ。

グレイクの言葉に、漆黒騎士団のメンバーは『あ、やっぱり』という表情を浮かべていた。

『ガレット。今、白銀をそちらに向かわせた。君たちは撤収だ』

ガレットの魔導通話器から国王の声が聞こえてきた。

「承知いたしました」

ガレットが返事をすると「撤収」とメンバーたちに声をかける。

シャンテルもそれに従い、撤収しようとしたが、ぐらりと世界が回った。

「シャン」

すっとローガンが飛び出て、彼女の身体を支えた。

その様子を見ていたメメルは目を細める。

「シャン。あなた、何回、回復薬を飲んだの？」

ローガンに身体を支えられたシャンテルは、右手の人差し指と中指と薬指を立て、三を表した。

魔力切れとは違うこの症状。意識は辛うじて保つことができているが、言葉を紡ぐことは難しい。

「短時間で飲みすぎよ。って、これ見た時からそんな予感はしていたんだけど。まさか、そんなに飲むとは思わなかったわ。一応、忠告したつもりだったんだけど」

メメルの言う『これ』とは、倒れて眠っている男たちのことを指している。

「メメル。これ、なんとかできないの？」

ローガンの言う『これ』とは、身体を預けているシャンテルのことだ。

ローガンが尋ねたが、メメルは首を横に振るだけだ。

「回復薬の副作用みたいなものだからね。休ませるしかないわ」

「え、重いんだけど」

（失礼な奴……）

シャンテルはそう思ったものの、反論する力もない。その時、ふわりと身体が浮いた。

「私が連れていこう。どこに連れていけばいい？」

そう言ったのはグレイクだった。彼がローガンの腕からシャンテルを奪うと、いとも容易く抱き上げた。

そこからシャンテルの記憶はない。

『おい、そろそろ白銀が着くぞ。漆黒は撤収。ガレットはそこで白銀へ指示を出せ。グレイクはシャンテルを連れて帰れ』

また楽しそうに国王は指示を出す。この場にいるローガンもメルもタイソンもラッセルも、シャンテルを抱き上げているグレイクに視線を向けてしまう。

「いや、陛下。それ、おかしいですよね」

恐らく、ローガンの意見がまともなのだろう。

ラッセルがローガンの肩をポンと叩き、首を横に振る。それは『あきらめろ』と言っているようにも見えた。さらに『陛下の言葉は絶対だからな』と、言葉にせずに訴える。

タイソンは「シャンテルのこと、お願いします」と小声でグレイクに言ってからその場を去る。

メメルは「これ、念のために渡しておくわね。事前に飲んでね」と怪しい薬を無理やりグレイクのポケットに押し込む。

「本当は、あなたに言いたいことがたくさんあるのだけれど。あれだけ盛大に告白したのにあんな振られ方をしたから、同情しちゃうわね。でもね、ちょっと告白の仕方とタイミングが間違っていると思うのよね。まあ、あと二押しくらいだから、頑張って」

うふふ、とメメルは楽しそうに笑ってその場を去る。

かっとグレイクの顔が熱を帯びた。メメルの一言で、あの時のあの言葉が魔導通話器を通して、漆黒騎士団のメンバーに聞かれていたことに気づいたのだ。

そして一人残ったガレットは、すっとグレイクに近寄ってきた。

「グレイク殿。シャンテルを頼む。恐らく彼女は、あなたのことを嫌いではないと思うのだが。ただ、いきなり子を産んでくれはないな。こちらにも仕事の都合というものがあるので、その辺は順番を守っていただきたい」

それは、シャンテルの上司としての言葉なのだろうか。それとも、告白の仕方のアドバイスなのだろうか。

「グレイク殿、すまない。この場は私に任せて、すぐさま立ち去っていただきたい。白銀が来てしまうと、面倒だからな」

それから、とガレットは言葉を続ける。

「シャンテルが目を覚ましたら、明日と明後日は休みだ、と伝えてほしい」

「承知した」

そう答えたまではよかったのだが、さて、この腕の中で意識を失っている彼女を連れて、どこに行けばいいのか。

『おい、グレイク』

彼女が腕につけている謎の魔導具から、国王の声がした。

『外に馬車を準備してある。それでお前の屋敷に戻れ』

あまりにも用意周到すぎて恐ろしいのだが、今はそれに従うしかないのだろう。

第五章　婚約者となった男

シャンテルが目を覚ますと、そこはふかふかのベッドの中だった。このベッドは、宿舎の自室のベッドではない。それにしてもガンガンと血流を感じるほど、頭が痛い。

もうひと眠りしようと寝返りを打とうとするが、背中から伸びてきている手が、身体をがっしりと固定しているため寝返りすら打てない。

「起きたのか？」

シャンテルは思わず全身をビクリと反応させた。

自分の意思とは関係なく、身体の向きを変えられて、目の前に彼の顔がある。

これと似たような状況があったことを彼女は思い出した。だが今日は服を着ていた。

「あの、え、と。ここは？」

「俺の部屋」

この場所が彼の部屋ということに驚きつつも、頭が痛くて難しいことは考えたくない。

「ガレット殿が言うには、君は、今日と明日は休みだそうだ。……気分はどうだ？」

「ものすごく、頭が痛いです」

「もう少し、休んでいろ」

背中に回っている手が優しくシャンテルを撫でる。

彼の体温が気持ちよく、頭の痛みも少し和らいだような気がしてきた。

彼が与えてくれる温もりに、ガチガチに固められた心まで解されていく。

『無理をするな。俺もいる』

あの時かけられた言葉が、心の中にこびりついていた。両親を失ったあの時に、強く生きていこうとローガンと約束をしたはずなのに、どこかで彼に救いを求めている。

シャンテルの瞼は次第に重くなり、ふたたび眠りにつく――


シャンテルがもう一度目を覚ました時、一緒に寝ていたはずの彼はいなかった。

割れるように痛かった頭も、今は少しだけじんわりと残る痛みにまで治まっていた。ゆっくりと身体を起こす。

今まで、このような四柱式で天蓋のついている豪勢なベッドで眠ったことはない。華やかなワイン色のカーテンはタッセルで柱にくくりつけてある。

国王の弟であり、黄金騎士団の団長となるグレイクは、やはりそれなりの身分の持ち主なのだろう。

身体を繋げていないことはわかるが、なぜこのようなところで眠っていたのかはわからない。

上着は脱がされているが、身に着けていた服はローガンに手渡された漆黒の騎士服のままだ。腕につけていた魔導具は外されている。

上半身を起こして膝を折り曲げ、その膝に頭をつけた。昨夜の記憶を思い起こす。

とりあえず、あそこにいた男たちは全員眠らせた。その後、ガレットたちが来たところまでは覚えている。ローガンもいたし、メメルもいた。いつもの漆黒騎士団の仲間がいた。

だが、そこからの記憶がバッサリない。バッサリないから、なぜグレイクの部屋というこのような場所にいるのかが、さっぱりわからない。

「目が覚めたか？　薬と水を準備したのだが、飲めるか？」

悩んでいると少し離れたところから声をかけられた。

顔を上げると、白いシャツに黒いトラウザーズ姿のグレイクがいる。

彼の前髪はおろしてあり、その格好は酒場にやってくるレイだった。

「あの。お水だけ、いただけますか？」

「薬は？　飲まなくても大丈夫か？」

「あ、はい。お気遣い、感謝いたします。ですが、寝たら大分よくなりましたので、薬は飲まなくても大丈夫です」

「そうか」

グレイクは水差しから水を注いだグラスを片手に、ベッドの端に腰をおろした。軋(きし)んだ音を立てて、ベッドが沈む。

「持てるか？」

彼はそう声をかけながら、シャンテルにグラスを渡した。

「あ、はい。大丈夫です」

受け取ったグラスをすぐさま口元にまで運ぶと、ゴクリゴクリと喉を鳴らしながら一気に水を飲み干した。

空になったグラスをグレイクが受け取り、少し離れたところにあるテーブルの上へと戻す。

その背に向かって、シャンテルは声をかける。

「あの。ご迷惑をおかけしたようで、申し訳ありません」

突然、シャンテルのお腹が盛大にグルルルと鳴った。

（なにもこのタイミングで鳴らなくてもいいじゃないの）

シャンテルは顔にかっと熱をためた。お腹が空いているのは事実であるが、お腹が鳴ってしまったことは不可抗力である。

「お腹、空いているよな」

グレイクは口元を緩めた。

「なにか、食べるものを準備しよう」

「あの」

「なんだ？」

「ところで今、何時ごろでしょうか」

シャンテルのお腹が言うには、恐らくお昼前後なのだが、そうなるとそこまで寝ていたことになり、すでに半日が終わっている。

「ちょうど、昼前だ」

シャンテルが思っていたとおり、どうやら寝すぎたらしい。

「なにか予定でもあったのか？」

グレイクが顔を曇らせた。

「あ、いえ。ただ、寝すぎたかなと。そう思っただけです」

その答えに満足したのか、彼は「ちょっと待っていろ」と言って部屋を出ていく。

その隙にシャンテルは部屋を見回した。いたって普通の寝室である。いや、豪華な寝室である。

先ほどのテーブルには椅子が備え付けてあり、背もたれもしっかりとしているし、見るからに重そうな椅子である。そこにシャンテルの上着が引っ掛けてあった。

彼女が気になっているのは魔導具である。大事な魔導具ということもあるのだが、それよりも気になっていることが一つある。

ベッドから降り、ゆっくりとテーブルに近付く。テーブルの上に魔導具はない。上着のポケットに手を入れると、彼女の手になにか硬いものが触れた。魔導通話器だ。

（う、やっぱり。会話が筒抜けじゃない）

魔導通話器のボタンが会話のところに合わせてあった。シャンテルはそれをブツリと切る。

「もう、歩き回って大丈夫なのか？」

片手に料理を持ってきたグレイクが背中から声をかけてきた。

「あ、はい」

「そっちのソファでいいか？」

「あ、はい」

シャンテルとしては食べられればどこでもいい、というのが本音である。

「そこに座りなさい」

促された先は、グレイクの前の席だ。

彼から『隣に座れ』と言われるのかと思っていたので、拍子抜けした。

「こんなものしかなくて、悪いな」

彼が持ってきてくれたものは、パンとスープと果物だ。

「いえ、あのこちらこそ。お食事までいただいてしまって、申し訳ありません」

「いや。君とはゆっくり話をしたいと思っていた。だから、下心があるからだと思ってもらってもかまわない」

下心、という言葉にシャンテルは身体をピクリと震わせた。

「いや、下心というのは、そういう意味ではない」

なぜかグレイクが取り繕う。「まあ、全然ないと言ったら嘘になるが」とグレイクは小さく零す。

それにシャンテルはぷっと笑った。

「私も、グレイク様とはゆっくりお話をしたいと思っていたところです。ですが、お腹が空いているので先にこちらをいただきます」

お腹が空きすぎて難しいことが考えられない。とにかくなにかを食べて、お腹を満たしたい。

いつもと同じように勢いよくがつがつと食べていると、彼の視線が気になった。ここはいつもの食堂ではなかった。

「あ、すみません。がっつきすぎました」

「いや。いろんな君が見ることができて、面白い」

「はあ」

面白いもなにも、お腹が空いているからご飯を食べているだけなのだが、真正面に座っているグレイクは、こちらに視線を向けてゆっくりとお茶を飲んでいた。

「君たちは、漆黒騎士団なのだな」

口の中にパンを入れたまま、グレイクの顔を見た。

唐突に漆黒騎士団の名を出され、その後の会話をどう引き取るべきかを考える。

考えている間にパンを咀嚼して、飲み込む。口の中がからからに乾いてしまったため、お茶を一口飲んだ。

「陛下から聞かれましたか？」

話題の出どころを確認しておかないと、口にしてはいけないところを言うかもしれない。

「ああ」

(やっぱりかぁ。あの人、なにを考えているかわからないんだよ)

波立つ気持ちを悟られぬように、シャンテルは言葉を選ぶ。

「そうですね。私たちは、普段は陛下付きの事務官として仕事をしていますが、それは漆黒騎士団としての仮の姿になります」

「それで、その。シェインという女性は」

やはり彼の聞きたいことはシェインであったようだ。ここはきちんと正直に話すべきだろう。むしろ、国王からなにかを聞いているかもしれない。

「まあ。私なんですけど。潜入調査のため、ということで」

そこでシャンテルは、指をパチンと鳴らした。すると彼女の銀色の髪は毛先から黒色に変わっていく。

「まあ、こういうことですね」

ふたたび指をパチンと鳴らして、髪の色を元の銀色へと戻す。

「あの、けしてグレイク様を騙そうとしたとか、そういうことではなくて……ですね」

「ああ」

どこか焦点の合わない表情で、グレイクは返事をする。

「え、と。その。ごめんなさい。ですから、もうシェインはいません」

右手にパンを持ったまま、シャンテルは頭を下げた。グレイクの視線が頭頂部に突き刺さっている。怖くて、顔を上げることができない。

「なぜ、謝る？」

「え？」

彼の言葉に顔を上げたシャンテルだが、やはり右手にパンを持ったまま固まった。

「任務、だったのだろう？　なら、仕方ない」

「あ。はい。まあ、任務でしたが。そのグレイク様のお気持ちとか、あれとか、それとか、ですね」

「気にするな」

グレイクがそう言ったため、シャンテルはまたパンを食べ始める。

黙々と噛(か)みしめる音だけが響く。

シャンテルはどう言葉を切り出したらいいかがわからなかった。気にするな、と言われた以上、その件について触れないほうがいいだろう。

「シャンテル」

本当の名前を呼ばれた。もごもごと口を動かしながら、顔を上げる。

グレイクは先ほどと違って、どこか真剣な表情を浮かべている。

「その……っ。俺の、子どもを産んでくれないか？」

「ガホッ」

シャンテルは、パンが喉に詰まるかと思った。

「げほっ、げほっ、げほっ……」

「だ、大丈夫か？」

グレイクの言葉に、涙目になったシャンテルは頷(うなず)いた。事情を話した時にローガンが咽(むせ)た辛さがよくわかった。

彼女はこくこくと小刻みに首を振ってから、お茶を飲んだ。

「はぁ」

やっと喉が落ち着いた。人差し指で目の下の涙を拭う。

「あの、どうしてそのような流れになるのでしょうか？」

涙目のままグレイクを見つめる。

彼もこちらをじっと見ていて、目を逸らすようなことはしない。

「……君のことが好きだからだ」

目の前の大きな男が、みるみるうちに顔を真っ赤にしていく姿が不思議にも思えた。

「えっと。ですが、グレイク様がお好きなのはシェインですよね？　今回の事件が解決した以上、シェインはもういませんし、私もシェインになるつもりもありません」

「違う」

目の前の彼はとうとう耳まで真っ赤にしている。

「俺が好きなのは、君だ。シェインでもシャンテルでもある君だ。俺は別に、シェインの外見に惚れたわけではない。彼女の明るさと前向きなところと、その優しさと。口にするとよくわからないが、シェインもシャンテルも、根っこにある部分は同じだろ」

同じだろ、と聞かれたら同じである。そもそもどちらも同じ人間なのだから。

「まあ、同じと言われたら同じですし。変えていたのは外見だけで、まあ、ほとんど素みたいなものですし……」

シャンテルはテーブルの上に置いていた右手を、ガシッとグレイクの両手に掴まれた。

「シャンテル・ハウスラー。どうか、俺の子どもを産んでほしい」

「はっ……」

思わず、はい、と言いそうになってシャンテルは『い』を飲み込んだ。

「あの、グレイク様のお気持ちはわかりました。ですが、なぜにいきなり子どもなんですか？」

「俺が結婚できる女性の条件が、俺の子どもを産めることだからだ」

彼の言い分はわかる。グレイクのような身分であれば、世継ぎという観点から考えても子どもを望みたいのだろう。

（もしかして、もしかしなくても……。グレイク様は国王陛下に洗脳されているのでは？）

恐らく真面目な男なのだろう。結婚を考えている女性がいる、とか相談したら『子を産めればいい』とか、そんな適当な答えが戻ってきたのではないだろうか。

（あの陛下のことだから、あり得そう。容易に想像がつくし。それにあの時だってそんなことを言っていたし。だからって、この流れになるのも強引すぎじゃない？）

シャンテルは軽く息を吐いた。

「それは。まあ、グレイク様のお立場を考えれば、ごもっともな意見ではあります。ですが、女性を口説く時に、いきなり子を産んでくれというのは、どうなんでしょうかね」

グレイクに握られている右手に、さらに圧がかかる。

「なら、どうしたらいい？」

まさか自分自身を口説くための方法を、彼から聞かれるとは思ってもいなかった。

「え、と。まあ。子ども云々は置いておいてですね。まあ、グレイク様の気持ちをそのまま伝えればよいのかと思います」

「わかった」

素直に頷くグレイク。

「シャンテル・ハウスラー。俺と結婚してほしい」

目を見つめられてそんなことを言われると、思わず頷きたくなってしまうのはなぜだろう。シャンテルにしてみれば、グレイクの顔はどちらかというと好みである。そして、肌を重ねてしまった仲でもある。

それに白銀騎士団のグレイクといえば、やはり国境で起こっていた争いを解決してくれた男だ。国境の街トルナーに住んでいた自分からしてみたら、あの町に平穏を導いてくれた人物になる。

ぐるぐるといろんな思いが込み上げてきて、言葉が出ない。

「シャンテル。なにか、言ってくれないか？」

「すみません。即答できません。もう少し、順番を追っていきましょう」

「順番とは？」

「そうですね。結婚の手前のお付き合いからで」

わかった、とグレイクは頷く。

「シャンテル・ハウスラー。俺は君のことが好きだ。俺と結婚を前提に付き合ってほしい」

(これは、ある意味正解なのでは？)

シャンテルは目を瞬いた。

いきなり結婚はない。その前段階として、お付き合いをしてお互いを知ってからの結婚であればあり、だろうか。

そもそも、シャンテル自身は彼のことをどう思っているのか。

嫌いか、好きか。嫌いではない。では、好き、なのだろうか。

ふと、考えた。目の前にいる人物がガレットだとしたら。その言葉をガレットが発したとしたなら。答えはあり得ない。彼と肌を重ねることもあり得ない。ガレットはすでに保護者的な立場だ。ローガンならどうだ。それもあり得ない。ローガンは大事な幼馴染みで同士。だからといって、彼と家庭を築くということは考えられない。

ではこの目の前の男ならば。まあ、最初の出会いは少し流されてしまったということもあったけれど、ものすごく嫌だったわけではない。ガレットからも言われたとおり、あの時本気で拒むのであれば、そそくさと隙を見て逃げればよかったのだ。

それをしなかったのは、きっと心のどこかで彼を受け入れていたのだろう。レイという男を。

「は……い？」

「本当か」

また、右手に圧がかかる。普通の女性ならば『いたいいたい』と言いたくなるような圧のかかり方だが、シャンテルにはそれさえもなぜか可愛らしく見えた。

「えと、まあ。お付き合いから、であれば。いいかな、と」

「そうか」

「まあ。その、私もグレイク様をよく知りませんし、恐らくグレイク様も私を知りませんよね」

「そうだな」

「ですから。まあ、そこそこ時間をかけて、お互いを知ってからの結婚という流れが、一番自然なのではないでしょうか」

「そうだな……。いや、だが。あまり悠長なことを言っていると、君をほかの男に取られてしまう可能性もある。やはり、ここは婚約まではしておこう」

またグレイクの話が飛んでしまった。

「グレイク様。私はお付き合いについては『はい』と答えましたが、その、婚約については『はい』とは答えていません」

「いや、だが俺は。結婚を前提にと言った。だから、それであれば婚約をしてもなにも問題はないだろう」

「うーん。そう、ですね？」

そうなのか？　本当にそれでいいのか？　自問自答したけれど、この浮かれ顔の嬉しそうなグレイクを見たら、これ以上言い返すのはよくないような気もしてきた。

「では、婚約期間を経て、その後結婚、という流れですかね？」

確認を込めて、シャンテルは口にする。

「よし、そうと決まれば、報告へ行ってくる」

「え、行ってくるって、どちらにですか？」

「ああ、兄のところだ」

兄、すなわち国王のところである。

グレイクが彼の弟であることと、あと数日で黄金の団長に就任するということを考えると、報告先としては間違ってはいない。

「あ。グレイク様。王城に行かれるのであれば、私の着替えも持ってきていただけると非常に助かるのですが」

「着替え？」

グレイクはシャンテルを上から腰の辺りまで見回した。彼女が着ているのは、漆黒騎士団の騎士服。さすがにその格好のまま外に出ることはできないのだろう。

「わかった。だが、どうしたらいい？　さすがに俺が勝手に君の部屋に入るわけにはいかないだろう？」

グレイクの指摘は正しい。

そんなことをしたら、隣の部屋からローガンが出てきて、彼を刺してしまうだろう。漆黒騎士団の部屋に侵入した不届き者として、プスっとやられてしまうはずだ。

「はい。事務官室の隣に救護室があります。そこにいる調薬師のメメルという者に話をしていただければ」

「メメル……。そういえば昨夜。なにやら薬をくれたあの女性だな」

メメルがグレイクに渡した薬がなにであるのかを、問い質すのはやめておこう。

黄金騎士団の団長にグレイク・サニエルが就任した。

彼は白銀騎士団第八部隊長を務め、国境でたびたび起こっていた争いを解決し、隣国ザウボ国との協定に一役買った男である。国境には、魔石が取れる採掘場があり、ザウボ国はそれを狙っていた。

「グレイク。彼らが私の勅命で動く漆黒騎士団だ。騎士団と名乗っているが、所属しているのは騎士だけではない」

もちろん騎士と名乗れそうな者も所属しているが、調薬師に魔導士に魔導具師と、黄金や白銀の団員とは異なる。

国王とグレイクの目の前には、漆黒の騎士服に身を包む騎士団の団員二十名がずらりと並んでいた。その二十名、見るからに普通の騎士と異なるのは明らかだった。

「普段は、私付きの事務官として働いていたり、王城付きの調薬師や治癒師として働いていたりするからな。この者たちが漆黒であることは、けしてほかの者に知られぬように」

「承知しました」

たまには国王だって真面目な仕事をする。

このようにして、新しい黄金騎士団団長であるグレイクと漆黒騎士団の顔合わせは終わった。

「ほんと、夜の集まりとか仕事とかは勘弁してもらいたいね」

部屋に戻る途中で、ローガンはそんなことを口にした。

潜入調査があった時は、ほとんど夜の仕事ばかりだったというのに。そんな気持ちも込めて、シャンテルはローガンをジロリと見上げた。

「結局、表立てないから、夜なんでしょ」

「だったらさ、昼の仕事をなくしてほしいよね」

ローガンは歩きながら、頭のうしろで両手を組む。

「まーねー。でも、昼の仕事も三時間くらいだし。まぁ、周囲の目を誤魔化すためにも、仕方ないんじゃない？」

「うわー。シャン。絶対、陛下に洗脳されてるよね」

「え。そう？」

そうそう、とローガンが頷(うなず)く。

「っていうかさ。シャンの部屋の前に怪しい男が突っ立ってるんだけど。あれ、なんとかしてくれない？」

「怪しい男って……。うん、なんとかするわ」

「なんとかするってて、ナニとかしないでよ。ここ、壁薄いんだから。ボク、シャンの喘ぎ声とか聞きたくないし。安眠妨害しないでね」

「ちょっと。ロー」

ローガンが廊下を走り出したため、拳を振り上げたシャンテルが追いかける。

「じゃ、おやすみ、シャン」

素早く自室の扉を開けて、ローガンはするっと身体を滑り込ませた。

その後を追ってきたシャンテルは、自室の前の二歩手前で立ち止まる。

「こんばんは、サニエル団長。なにか、御用でしょうか」

「いや、特に用はないのだが。君に会いたくて」

「公私混同、職権乱用です。こちらの宿舎に足を運ぶのもルール違反」

すると、隣の部屋の扉がゆっくりと開く。

「シャン。ちょっとかわいそうじゃない？」

顔だけ出してきたローガンが、それだけ言って、扉を閉めた。

このグレイクに説教を垂れたいのだが、この場ではローガンに筒抜けだ。それに、これから戻ってくるほかの団員たちにも気づかれてしまう。

「サニエル団長。五分だけお待ちください。着替えてまいりますので」

シャンテルは、漆黒の騎士服を着ている。それに引き換え、グレイクは平服姿であった。

扉の前にグレイクを残したシャンテルは、自室に入ると急いで着替えた。髪の色も黒色に変えて、おさげにする。二度とこの格好をするつもりはなかったが、近況を探るためにあそこに足を運ぶのも悪くはないだろう。

「お待たせしました」

五分後に姿を現したシャンテルだが、その姿はあの酒場の店員のシェインだった。

「その格好は……」

グレイクは驚いて口をあんぐりと開けたけれど、「では、行きましょう」とシャンテルが手を引っ張ったため、彼はそれ以上なにも言わなかった。

グレイクが連れていかれた先は『夜鳴亭』である。

「いらっしゃいませ。あ、シェインじゃない」

彼女に声をかけたのはユリアだ。

「お一人様ですか……。ではないわね。こちらのテーブル席へどうぞ」

彼女はシャンテルのうしろにいるグレイクに気づいたようだ。彼とシャンテルを交互に見つめ、にっこりと笑う。

「グレイク様は、お夕飯は召し上がりましたか？」

席についたシャンテルは、メニューを見ながら尋ねた。

「少し、な。いつもあのような時間から、君たちは仕事なのか？」

あのような時間といっても、今日は十九時からの集まりだ。ただの顔合わせだから三十分もせずに終わった。

「時と場合によりますかね。私、今日は早めにお夕飯をいただいてしまったので、すでにお腹が空いているのです」

今は二十一時を過ぎたころ。シャンテルは先ほどの顔合わせの前に、軽くご飯を食べただけであるため、すでにお腹が空いているのだ。

「ええと。グレイク様は、こちらのお料理でよろしいでしょうか」

シャンテルは勝手にグレイクの料理まで決めた。

「こちらのことは私よりも君のほうが詳しいだろう。だから、お任せしてもいいか？」

グレイクのその言葉に頬を緩めてから、ユリアを呼ぶ。

「ねえ、シェイン。ところで、こちらの方は？」

メニューを確認し終えたユリアであるが、やはりグレイクのことが気になっているのだろう。

「私の婚約者です」

淀（よど）みなくシャンテルが答えたので、ユリアは「まあ」と言って口元を手で押さえている。

向かい側に座っているグレイクにいたっては、そのままうしろにひっくり返るのではないかと思えるほど激しく椅子を鳴らしていた。

ユリアは「少々お待ちください」と言いながら、軽い足取りで厨房（ちゅうぼう）のほうへと消えていった。

「その、よかったのか？」

「なにがですか？」

グレイクの質問の仕方では、なにがよかったのかがわからない。

「俺を、君の婚約者と紹介して」

「あれ？　間違っていましたか？　でも今はシェインですので、グレイク様のことはレイ様として紹介させていただきます」

「それは、構わないのだが」

グレイクの身なりも、先ほどの黄金の騎士服を着ていた時とは違い、いつもこの店を訪れていた時のように前髪をたらりと下げている。

「そういえば、相変わらず陛下は強引ですよね」

料理が運ばれるまでの間、シャンテルはグレイクと婚約した流れを思い出していた。

シャンテルに求婚を受け入れてもらえたと喜んで国王に報告に行ったグレイクであるが、どうやらその時国王から『いいものをあげよう』と婚約誓約書なるものを渡されて戻ってきたのだ。さらに、グレイクは国王から促されるままに記入して、残るはシャンテルのサインのみという状態で持って帰ってきた。

その婚約誓約書の、承認欄には国王のサインがちゃっかりとあった。

それを見た瞬間、一種の脅迫状かと思ってしまったが、グレイクの顔を見たらなぜかすんなりとそこにサインをしている自分がいた。

次の日に二人で仲よく誓約書を議会へ提出したわけだが、それを受け取った担当の者も書類と二人の顔を交互に五度見した。グレイクが苦笑して、黙って右手の人差し指を口元の前で立てると、担当者はこくこくと頷いて受領した。

シャンテルとグレイクは、書類上は婚約者という関係になったわけだが、シャンテルのグレイクへの態度は相変わらずだった。

シャンテルは今でも漆黒騎士団の宿舎住まいだし、仕事も不規則だ。グレイクからしたらどうやって連絡をとったらいいかもわからないようだった。

今日の顔合わせの時間で、数日ぶりに二人は顔を合わせた。

「そういえば。レイ様は、なぜ私の部屋がわかったんですか？」

漆黒騎士団の宿舎は王城の別館扱いとなっており、建前上は賓客用の客室扱いになっている。だから、普通であればあそこにシャンテルの部屋があることは知らないはず。

「ああ。ガレット殿から聞いた。そういえば、明日の仕事は休みにしても構わないと言っていた」

ガレットとグレイクがどのようなやり取りをしたのかが気になった。だが、それよりも今は、彼に報告しなければならない内容がある。

「そういえば、今回の事件の件ですが……」

このテーブル席は、衝立があって半個室になっている。周囲にほかの客がいないことをシャンテルは確認していた。

彼女の真面目な顔につられて、グレイクも顔を引き締める。彼は簡単な事件のあらましを耳にしていたようだが、その後の状況を知らないはずである。なにしろあの時のグレイクは、まだ白銀騎士団の所属であり、たまたまあの事件に巻き込まれてしまったのだから。

「攫われていた女性たちは全員解放されました」

その言葉を聞いたグレイクは、ほっと息をつく。

その気持ちはシャンテルも同じだった。彼女たちは異国に飛ばされたり、娼館に売られたりはしていなかった。

彼女たちを攫ったのはとある商会の関係者であり、その商会は最近になって力を伸ばしてきたところである。安くて質のよいドレス等を提供することで、上流、中流階級の人間たちから好まれていた。

その安くて質のよい理由が、攫ってきた女性たちを安い賃金で働かせていたからである。あそこの屋敷に閉じ込め、お針子として仕事をさせていたようだ。いわゆる、強制労働である。

「お待たせしました」

料理を運んできたのは店長だった。

「シェインちゃん。婚約したんだって？　今、ユリアちゃんから裏で聞いて、びっくりしたよ」

手際よく料理を並べながら、店長が口にする。

「はい。こちらの方と婚約いたしました」

「ほうほう、いい男だね。って、もしかして、いつもカウンター席に座っていたお客さんじゃないかい」

店長も、三日に一度訪れていたグレイクのことを覚えていたようだ。

「はい」

シャンテルが元気よく返事をすると、店長も嬉しそうに笑った。

「まさか、ここで出会って結婚するとはね。出会いの酒場という名前にでもしようかな」

「まだ、結婚はしていませんが」

シャンテルが的確に口を挟んだ。

「婚約したなら、結婚したようなもんでしょ。あとでサービスのデザート出してあげるからね」

料理を並べ終えた店長は、楽しそうに戻っていく。

だが、グレイクは目を細めて彼の背を睨んでいた。

「店長の記憶は消してありますので。その辺も漆黒の仕事です」

シャンテルは両手を合わせる。

「では、いただきましょう」

お腹がぺこぺこだったシャンテルは、すぐさまフォークを手にして料理を口の中に入れていく。

だが、グレイクの手は先ほどから動いていない。

「もしかして、お腹、空いていませんでしたか？」

「いや。君のその食べっぷりが、あまりにも見事なもので」

「ああ、すみません。今は、特にマナーとかを気にしていなくて」

「うん。いや、そういう意味じゃない」

「一応。その、潜入調査のためにですね。マナーとかそれっぽいものの教育は一通り受けておりますので、必要時には対処できるかと思います」

それはグレイクの立場を考えての発言だ。王弟でもある彼の婚約相手が、テーブルマナーも知らないような女性であれば、ほかの者から白い目で見られてしまうだろう。

「いや、そうではない。ただ、君のことをもう少し、知りたいのだが」

シャンテルはスープをすする。

「私のこと、ですか？」

グレイクはゆっくりと頷いた。

「気持ちばかりが急いてしまって、君とあまり話す機会がなかったなと。今になって思う」

グレイクの指摘は間違ってはいない。

彼とはずっと店員と客の関係だった。ちょっとした日常的な会話をすることはあったが、あまり個人的な話に立ち入ることはなかった。

身体の関係を持ってしまったのも数日前だし、それから五日後には婚約していたのだ。

「そう、言われるとそうですね。出会いから婚約までの流れが短すぎませんかね？　そもそも私はお付き合いからと言ったはずですがね」

そこでシャンテルは肉に噛みついた。この肉への噛みつき方は、少々イラっとしている表れである。

「それは。まあ。俺のせいかもしれないが」

しゅんと肩を落とすグレイクが可愛く見えてしまうから不思議だった。

シャンテルはちょっとだけ笑みを浮かべた。

「レイ様。せっかくのお料理が冷めてしまいますよ。食べないのでしたら、私にください」

その可愛いと思ってしまった感情を押し殺して、目の前のグレイクに声をかけた。

「君は、もっと食べられるというのか？」

「ええ。私、生まれも育ちも国境に近い街のトルナーなんです。そこでは、魔石が取れる山だか洞窟があって、隣国のザウボとその魔石を狙って、ちょくちょく争いが起きていたわけです」

唐突に始まった身の上話にグレイクは少し首を傾げる。

「たまに国境で争いが起こりますと、そちらの影響がですね、私が住んでいたトルナーにも飛び火してきて。すぐさま逃げたり隠れたりするわけです。それが続きますと、『食える時に食え』ということを教え込まれるわけです」

そこでシャンテルはパンを手にした。

「私の両親は、その争いに巻き込まれて亡くなりました。その時、私は九歳でしたけど、幸いにも両親の貯えはあったし、隣にはローガンのおばあちゃんもいたので、ローガンのおばあちゃんの世話になって、なんとか生活はできていました。ですが、十一歳の時に、ガレット団長があの町に来て、私をスカウトしてくれました」

パンをちぎって口の中に放り込む。スープで口の中を潤す。

「結局その後、ローガンと一緒にこちらに来ることになり、学園へと通うことになりました。そして、卒業したら漆黒騎士団に入団した、というわけです。以上、私の人生をダイジェストでお届けしました」

グレイクの顔は得心して盛大ににやけていた。

シャンテルとしては、彼が自分のことを知りたいと口にしたから、漆黒騎士団に入団した理由を説明したつもりである。

「私はあの街が好きですけれど、あの街を争いに巻き込んだ魔石は嫌いです。だから、魔石を使わなくてもいいような魔導具を作りたいと思いました」

それはシャンテルだけが作ることのできる魔導具だ。

「私は魔導具が好きです。魔導具を使った生活は、人々を笑顔にしてくれます。だから、その魔導具を犯罪に利用するような人間は許せません」

それは先日の事件のことを指している。

「私は、そんな人間ですが。グレイク様は私で本当によろしいのでしょうか？」

今、口にしたことが自分の本質であり、魔導具を作る理由であり、漆黒に所属する意味だ。

「もちろんだ。そんな真っすぐな君だから、俺は惹かれたんだろうな。前にも言っただろう？シャンテルもシェインも、根っこにある部分は同じだと。いつでも君は前を見ている」

グレイクは目を細めた。

「あそこにいた時は、今日、生きていくのが辛くなるような状況だった。それは俺だけでなく、ほかの騎士たちも同じだった。だから、あの争いを終わらせることができて、本当によかったと思っている」

「はい。その点はグレイク様に感謝申し上げます」

そこで、シャンテルはにっこりと笑う。

「君だって悲しい過去を背負っている。それにもかかわらず、いつも笑顔でいられる秘訣はなんだ？　俺はずっとそれを聞いてみたいと思っていた。君の話を聞かなければ、君はずっと幸せな人生を送ってきていたと、勘違いしていただろう」

シャンテルの人生は、幸せであったと言い切れない部分もある。それでも今は幸せだ。

「それはですね。きっと今日よりいい明日が待っている、って思うことですかね。これもローガンのおばあちゃんに言われたことなんですけど」

そこで一口、お茶を飲んだ。どうやらいつもより喋りすぎてしまったようだ。

「それで、今日は昨日よりいい明日だったのか？」

「はい、そうですね。グレイク様と、こうして一緒にご飯を食べていますからね」

グレイクは、スープをすくったスプーンを口元まで運ぶことができず、ポタポタと皿の上に零していた。

シャンテルはそんなグレイクを気にせず、黙々とご飯を食べ始める。

食事の最後に「サービスだよ」と店長が美味しそうなデザートを出してくれた。料理人一同が腕によりをかけて作ってくれたらしい。

「シェインはこの店からも愛されているんだな」

グレイクの言葉に、シャンテルは顔が熱くなる感じがした。

「君を独り占めしたい気持ちもあるが、こうやって皆から愛されていることが誇らしいという気持ちもある」

その言葉に、シャンテルはなにも言わなかった。

食事を終えた二人は、店長やほかの店員たちにもしっかりと御礼を伝えてから、店を出た。

「あれ？　もしかして私がこのお店に来る時は、やはりシェインにならなければいけないのでしょうか？」

「そのほうが、彼らも喜ぶのではないか？」

シャンテルとしては、シェインを永遠に封印したいと思っていた。そう思っていた理由は、任務が終わったことと、グレイクに彼女を忘れてもらうためだ。

だが、彼と婚約してしまった。となれば、なにもシェインを封印する必要はなくなったのではないか、という結論にいきついた。

そうやってシェインの扱い方を考えながら、とぼとぼと歩く。

「シャンテル。気づいたか？」

二人が人半分の間隔を空けて並んで歩いていたのは、うしろから誰かがついてくるような気配を感じたからだ。

「はい。恐らく誰かにつけられています。グレイク様、少し離れていただけませんか？　間違いなく、それらの狙いは私かと思うのです」

グレイクはなにも言わず、少し歩調を速めて、彼女から五歩前に出た。そこでシャンテルはすっと立ち止まり、くるりと振り向く。

「なにか、御用ですか？」

シャンテルはゆっくりと息を吐き出した。

「久しぶりにお前に会えたからね。まさか、あの店を辞めていたとは思ってもいなかったよ」

あの時の五番テーブルの男たちだ。言いながら、三人組はシャンテルへゆっくりと近付いてくる。

「そうですか」

彼らが近付いてきても、シャンテルはそこから一歩もピクリとも動こうとはしない。

「せっかく、お前のことを送ってやろうと思っていたのに、なあ」

その『なあ』はほかの二人に向けられた言葉だろう。

「今日はどのようなご用件でしょうか」

「この前の続きを」

男の一人が、シャンテルの耳元にふっと息を吹きかけた。

すかさずシャンテルはその男の腕を取り、ぐるりと締め上げる。

「いてててて」

前回と同じように男が騒ぎ出す。

「なにすんだ、この」

ほかの二人が、シャンテルに向かって手を振り上げてくるのが見えた。彼女は締め上げていた手を離して、身をかがめるとすぐに、この男に足払いをかける。男は盛大にすっ転んだ。

シャンテルは髪を結わえていた組紐を外した。おさげがゆるりと解ける。

二人のうちの一人が近接したところで腕を振り上げ、その手を捕まえ締め上げてから、もう片方の手と一緒に背中で組紐を使って縛り上げた。

盛大にすっ転んだ男は起き上がれないようだ。残りの一人の腕を取り、その手を背後で締め上げ、同じように組紐で縛り付ける。

「なにをやっている」

その場に駆けつけてきたのは、グレイクと二人の騎士たちである。騎士たちは今日の夜の街の警備を担当している白銀騎士団の誰かだろう。

「遅い」

シャンテルは一喝した。五番テーブルの男のうちの二人はシャンテルによって拘束され、一人は今、盛大にすっ転んだままである。

「ご、協力、感謝いたし、ます」

この状況を見た白銀の騎士も、やや引き気味だった。

五番テーブルの男たち三人は、白銀の騎士たちに連れていかれた。

シャンテルとグレイクはその背中を見送った。

その背中が見えなくなったところで、グレイクが両手を広げる。

「なんですか、その手」

「いや、怖かったかな、と思ってだな」

「私がそんなタマに見えますか？」

「ああ、見えないな」

グレイクは行き場を失った両手をどうすべきかを考えていた。

そうしているうちに、シャンテルがするりとその手の中へ身体を滑り込ませる。

「冗談です。グレイク様がいらっしゃることがわかっていたから、なんとかできました」

言うと、グレイクの背に手を回し、彼の顔を見上げる。目が合う。すると、みるみるうちにグレイクの顔は赤くなり、こつんと額を彼女の額にぶつけた。

「今日は、泣いていないのだな」

「な、泣いていません。あの時は、たまたまです」

あの時は、周囲に誰もいないと思っていた。グレイクが来てくれたことで不安定な気持ちが和らいだから、安堵のために涙が零れたのだ。

「やはり、君には敵わない。俺を冷たく突き放したかと思うと、人の懐に潜り込んでくる。こちらが情けない姿を見せても、それを包み込んでくれる。俺にとって、君はそういう存在だ」

「そうですか。でしたら、私にとってもグレイク様はきっとそのような存在なのでしょうね。よくわかりませんが、ガレット団長やローとは違う存在です。両親を失った時、誰にも頼らず強く生きていこうとローと決めたのに、今はグレイク様に守ってほしいとさえ思えてくる。決心が鈍ります」

グレイクが力強く抱きしめる。

「君が、可愛すぎるのが悪い。今すぐ君を手に入れたい。誰にも奪われたくない」

グレイクはシャンテルの背と太腿に手を回し、軽々と抱き上げた。

「あの、グレイク様。私、今日は魔力切れを起こしていません」

「でも、君に逃げられたら、俺は立ち直れないからな」

連れていかれた先は、以前と同じ場所である。

ぽん、とベッドに放り投げられた。

この先になにが起こるのかわかりません、というほど子どもではないが、だからといって受け入れられるかというと、これもまた別な話である。

「グレイク様。まずは、落ち着きましょう」

ベッドの上で仰向けになりながらも、自分の顔の前でシャンテルは両手を振った。

「これが、落ち着いていられるか」

彼の『これ』に視線を向けると、窮屈そうに膨れ上がっていた。

グレイクは右手で彼女の肩を押さえベッドに手をつくと、そのまま深く唇を重ねた。

「は……、ん、ん……」

少し強引にグレイクの舌が入ってくる。ちゅるりという淫らな音を立て、彼は口の中を犯す。少し息のしづらさを感じ、シャンテルは目尻に涙をためた。

すっとグレイクが離れた。一筋の銀色の糸が二人を繋ぐ。

「嫌だったか？」

その糸が切れると、グレイクは優しくシャンテルの頬を撫でた。

「いえ。嫌ではありません。恐らく」

グレイクとこのようなことをするのが嫌なわけではない。

ただ、このような行為で感じてしまう自分の身体が嫌だった。

それを口にすると喜ばれそうだから、絶対に口にしない。

「シャンテル」

名を呼ばれ、彼女ははっと思い出す。

これから、彼に抱かれようとしている女性はシャンテルなのかシェインなのか。パチンと指を鳴らし、髪の色をシャンテルである銀色に戻す。

冷静でかつ周到な行為を行う彼女を見下ろすグレイクは、ふっと笑みを漏らした。

「なにを笑っているんですか」

「君が思っているほど、俺はあまり君の外見を気にしていない。髪の色が銀だろうが黒だろうが、君という人間にかわりはないからな」

グレイクの顔が迫ってきた。

濃厚で深く、貪(むさぼ)るような激しい口づけだ。

彼女の細い身体を抱き寄せ、背中に手を回す。

あれ以降、前開きのワンピースを着ていない。

彼の手は背中のボタンを器用に一つ一つ外しにかかっている。するりと肩からワンピースが下げられたが、お腹の上で止まる。さらに胸当ての紐も外しにかかる。

一度、唇が離れた。

「相変わらず、君は綺麗だな」

酸欠で苦しい気持ちとよくわからない痺れが頭の中を支配していて、彼に言い返すこともやり返すこともできない。

グレイクは彼女の胸元に顔を埋める。チリッチリッと所有の証を残していく。触れられたところが熱を帯びてくる。

「あ、あの。グレイク様」

痛みによって急にシャンテルは現実へと引き戻された。

「その。見えるところにはつけないでください……」

前回、さまざまな人から指摘されたからだ。

「むしろ、見えるところにつけないと意味がないのではないか？」

グレイクは首元に顔を埋めた。

「グレイク様の、いじわる……」

ペロリとグレイクは彼女の首筋を舐(な)める。

「シャンテル。お願いだから、それ以上、俺を煽(あお)らないでくれ」

首元から唇を離したグレイクは、彼女の左側の膨らみを大きく口に含んだ。

もう片方の膨らみは、彼の左手によって淫らに形を変えている。

「あん……」

ぎゅっと、彼に手を伸ばし、シャツの裾を掴む。

グレイクは執拗に舌で先端を舐めると同時に軽く甘噛みをする。左手も同じように先端を刺激してくる。

痛みと紙一重に襲ってくる快感に、つい甘い声を漏らしてしまう。

次第にその先端は硬さを増し、下腹部が重く疼く。

「あ……。グレイク、さま」

「レイと」

「レイ、さま……」

腕を伸ばして、グレイクのシャツのボタンに手をかけた。少し手が震える。

彼女の胸から唇を離した彼は、震えている手首にも唇を落とす。

その隙にワンピースを下までおろされた。

お尻を少しだけ浮かせると、するりと足元から剥ぎ取られてしまう。

そんな彼女もグレイクのシャツを脱がせると、満足そうにその背中に手を回し、自分から彼の唇に貪りついた。

艶めかしい水音が響く。お互いを欲するように、何度も何度も角度を変えては、唇を重ねる。

いつの間にかグレイクは、シャンテルの下肢を覆っている下着に手を伸ばしていた。その隙間から指を差し入れ、秘部に触れてくる。

「あっ……、レイさま……やめっ」

よくわからないが、自分の身体がそのような音を奏でることが恥ずかしい。

「やめない……。しっかりほぐさないと、俺を受け入れてもらえないから」

はぁ、とグレイクも苦しそうに熱い息を吐く。

シャンテルの両手はグレイクの両肩をがっちりと掴んでいる。

「んっ……、あっ……」

お腹の裏辺りが疼いて、腰やらお尻やらをもぞもぞと動かしている間に、するりと下着を脱がされてしまった。しっとりと自身の蜜で濡れた場所に外気が触れる。

恥ずかしくて足を閉じようとしたけれど、その間に身体を滑り込ませているグレイクによって、叶わなかった。

彼の指は、彼女の秘部を捕らえていた。

口はシャンテルの胸の頂を含み、舌で丁寧になぶっている。

「あんっ……、や……」

彼が与える二か所の刺激がシャンテルを狂わせる。

彼を掴んでいる手には力が入り、頭の中は次第に白んでいく。

「あ……。あぁ……」

身体をピクンと震わせて、全身を強張らせた。

唇を閉じる力もなく、だらしなく唾液が垂れてくる。

激しく胸を上下させる彼女を満足そうに見つめる彼は、蜜洞にちゅぷんと指を入れた。

「君の中は温かいな」

グレイクはシャンテルの片膝に手をかけ、押し倒す。胸からお腹へとかかっている彼の熱い息は、太腿にかかる。そしてそのまま、隠れている淫芽を見つけ出し、舌先でちろりと舐めた。それを覆っている花びらを親指で丁寧に剥きながら、舌先で執拗に舐め回す。

中とその場所を同時に刺激されると、ひとたまりもない。

「ひゃっ……。やぁ、もう……やめて……」

シャンテルのその言葉に答えるために、グレイクは彼女から口を離した。

「本当に君は、言っていることと行動が伴っていない。身体はこんなにも喜んでいるのに」

追い打ちをかけるかのように、中に指を入れながら、あまっていた親指で陰核をぐりぐりと撫でた。

ずんずんと、シャンテルの下腹部から熱い熱が込み上げてくる。

「あ、あぁ……いっちゃう……」

「何度でもいけばいい。君が乱れる姿はそそられる」

「あっ。ああっ……ん」

シャンテルは達した。

全力疾走した後のように、心臓がバクバクと音を立てている。身体は強張るが、その波が引くと手足からも力が抜けていく。

「はぁ……」

余韻に身をよじる。

目の前の彼はギラギラと獣のように目を輝かせていた。

「シャン……。そろそろ挿れてもいいか？」

目尻に涙をためながら、コクンと頷く。

身体の奥が疼いて、早く彼で満たしてほしいと全身が訴えている。

グレイクはトラウザーズの前をくつろげると、我慢ができずにはち切れそうな象徴を取り出した。

シャンテルは両手をしっかりとグレイクの背中に回した。

「シャン……。俺は、君がほしい。いいか？」

そんなの聞かれるまでもない。ゆっくりと頷くと、彼の背に回している手に力を入れる。

それが合図だった。

彼はそそり立つ自身をゆっくりと蜜口へ侵入させる。だが、充分にほぐされたためか、それを難なく受け入れることができている。半分ほど挿れたところから、一気に貫かれた。

「あん……、おおきぃ……」

痛みはないが、お腹に迫る圧迫感。

「そういう、煽るようなことは言わないでくれ」

繋がったところは熱く溶けて混ざり合い、一つになった感覚が攻め寄せてくる。

グレイクはしばらく動かず、両手でシャンテルを抱きしめていた。

触れ合ったところから、互いの熱を感じる。

「……動いていいか？」

その問いにシャンテルは頷くと、また背中に回している手にぎゅっと力を込めた。目尻に涙がたまっているのは、嫌だとかそういった拒絶からくるものではない。彼が与えてくれる悦楽によって、自然と涙が溢れてくるのだ。

グレイクは一度腰を引き、根元までいれた男根を浅いところまで引き抜き、そしてまたゆっくりと根元まで押し付ける。

ゆっくりとした刺激に、シャンテルは奥にずんという疼きを感じた。

「レイ……」

彼の背にあった片方の手を離し、その後頭部に手をかけた。そして彼の顔を無理やり自分のほうへ近付け、唇を寄せる。

グレイクの抽挿が速さを増す。ずん、ずん、と奥を叩きつける。

「はぁ……」

シャンテルはどこから溢れてくるかわからないような、厭らしい音に耳を塞ぎたくなるような衝動に駆られながらも、身体は彼を欲しているのが不思議だった。

きゅっと、彼女の奥が引き締まる。

それが合図になったかのように、グレイクの熱は中に放たれた。

両手を彼女の脇について、シャンテルを見下ろしている。

蕩けるような目をしていたシャンテルも、グレイクと目が合うと、その目をきっと引き締める。

彼女が腰を引くと、繋がっていた部分が解け、こぽっと白濁したものも一緒に溢れ出た。その目はもっと細くなり、じっとグレイクを睨みつけている。

「シャン……。今の俺に、君のそれは逆効果だ。俺は今、君を征服したい」

無理やり俯せにされたシャンテルは、腰を掴まれうしろから挿入された。

「いやっ……」

彼女は腰を離そうとするがうしろから押さえつけられているため逃げられない。先ほど出されたものが潤滑油となり、難なく彼を受け入れる。

シャンテルは次第に快楽に溺れていく。

グレイクはそんな彼女に激しく腰を打ち付けた。乾いた叩くような音が響き、絶え間なく溢れてくる甘い声。

「はっ……、ん、ん……」

シャンテルのお腹の中で、ドクドクと熱いものが広がった。

グレイクは、ぎゅっと背中からお腹に腕を回して、その背に頬を寄せた。

「俺を、拒まないでくれ……」

「拒んでませんが？」

シャンテルは繋がっている部分から逃れるように腰を引いた。

再度、どろりとしたものが太腿を伝う。身体の向きを変え、仰向けになると両手を広げてグレイクを抱きしめる。

グレイクは彼女の胸元に顔を埋めた。

「拒んでいませんが、その、すぐに人を孕ませようとする行為はいかがかと思います」

「いや、その。すまん。つい、君の中が気持ちよすぎて」

「私、漆黒に入って、二年目なんですよね。今、そうなって仕事を辞めるような状況になるのは、あまり望んでおりませんので」

「ああ。そう、だな。だが、ガレット殿は、当分、君は内勤に従事させると言っていた」

その言葉の意味をシャンテルは考えた。

どんどんと外堀を埋められているような気がするのだが。

「ですが。仮にそうなった場合、残念ながらこのような行為は当分お預けです。それでもよろしいでしょうか？」

恐らく、こちらの言葉のほうが効果があるだろう。

埋めていた顔を上げたグレイクは、情けない表情をしている。

「それは、困るかもしれない」

（あ、やっぱり……）

思ったとおりの効果があったことで、逆に拍子抜けしてしまう。

「でしたら、きちんとお考えください。今回は、私のほうで薬を飲みますけれど」

「いや、やっぱりダメだ」

「なにが？」

「その、薬は飲まないでくれ。少し、期待したいところもある」

「なんの？」

「新しい命に」

グレイクはシャンテルのお腹の上に口づけを落とした。

シャンテルは、この身体の大きな男が可愛らしく見えてしまうのか、不思議で仕方なかった。

「レイ様。お風呂に入って、寝ましょう。明日も仕事ですから」

シャンテルが優しくグレイクの頭を撫(な)でる。

「ガレット殿は、君は明日、休みでも構わないと言っていたぞ」

先ほどから、このグレイクの口からはシャンテルの上司の名前が飛び出してくる。

「あの、グレイク様。ガレット団長となにかお話をされましたか？」

「その、君と婚約したことを報告しただけだ」

グレイクは『だけ』と言うが、ガレットにとってそれは『だけ』にならないはずだ。彼女の遺伝子を狙っている彼は、なにかしらグレイクに焚きつけたはずだ。

「団長はなにかおっしゃっていましたか？」

「そうだな。まあ、君の部屋を教えてくれたし。それから、健闘を祈るとも言われたような」

「なんのだよ」

心の中で叫ぶはずだったのに、思わず声に出てしまった。

数日後、シャンテルはメメルの仕事部屋である救護室に来ていた。
この救護室は、頭が痛くなった人やお腹が痛くなった人、よく眠れない人とかが訪れるところである。
調薬師のメメルがその人の症状にあったお薬を渡してくれるのだ。
救護室のほかにも治癒室もあり、そちらは外傷を受けた人が治癒してもらうところである。

今日もシャンテルは遅番で、お昼前は自由時間だった。メメルの仕事の手伝いをしながら、あわよくば一緒におやつを食べようという魂胆である。

メメルのような仕事は暇なほうがいい。それだけ病気をする人が少ないという意味だからだ。

そして今日はわりと暇だった。いや、最近は暇なようだ。本来の調薬師としての薬の開発や研究に励むことができる、と言ってメメルは喜んでいた。

「まあ、あれよね」

メメルはお茶を一口飲んだ。

「あのサニエル団長が黄金の団長に就いてから、私もめっきり暇になったのよね」

「そうなんですか」

シャンテルの声に抑揚はなかった。

「やはり、騎士としては優秀みたいね。自分の部下の体調管理もしっかりしているみたいだしね。その心意気がね、伝わってくるの」

それにね、と続ける。

「王城で働いている女性たちがね、うっとりとした表情で彼のことを見ているわよ？　大変ね、見目もよくて人気者を婚約者に持つと」

メメルの言葉はきっとシャンテルを挑発しているのだろう。

「そうなんですね」

シャンテルの返事は、猛吹雪を伴う強風のように冷たいものだった。

「あら、妬かないの？」

「ほかにほしい人がいるのなら、綺麗にラッピングをしてリボンをつけてあげますよ。なんなんですか、あの人。ことあるごとに、人を孕(はら)ませようとするんですよ。メメルお姉さま、避妊薬、多めにください」

シャンテルはメメルの前に右手を差し出した。

「ダメよ。あれも、あんまり頻繁に飲んでは効果がなくなるし、それにあなたの身体に負担がかかるわ」

シャンテルの右手は、ピシャリとメメルによって弾かれた。

シャンテルは腹の虫がおさまらないのか、お腹の天国と呼ばれる店で買ってきたお菓子を勢いよく食べ始める。

「そういえば、メメルお姉さま」

お菓子を食べ終えたところで、シャンテルは口を開いた。メメルには聞きたいことがある。

「あの事件の日。グレイク様になにかのお薬を渡しましたよね」

「あー、そんなこともあったわね」

彼女のその仕草がわざとらしい。

「あの薬、なんの薬ですか？」

しまった、という表情をするメメルが、やはりわざとらしい。

「なんの薬ですか？」

「んー。媚薬、と呼ばれるものかしら、ね？」

メメルが可愛らしく『ね』と言って、首を傾けるけれど、シャンテルの胸の中はそれどころではなかった。

先日、グレイクに部屋の前で待ち伏せされていた日。結局あれだけでは終わらなかった。一緒に風呂に入って眠ろうとしていたにもかかわらず、風呂の中で犯され、風呂から上がっても犯され、まさしく朝まで抱きつぶされた。

ガレットは仕事を休んでも構わないと言っていたようだが、休むのは癪に障るから意地でも仕事へ行こうとしていた。

だが、シャンテルのその気持ちも虚しく散り去った。

そもそも、黄金の団長が就任二日目から遅刻していいのか、とシャンテルがグレイクに詰め寄ると『今日は夜勤だから』という答えが返ってきた。

どこにその体力があるのかと思って問い質すと、以前、メメルからもらった怪しい薬を飲んでみたと言う。念のために渡されたものだが、どんな効果があるのかが気になったらしい。

一人百面相をしているシャンテルを見て、メメルも察したようだ。

「ねえねえ、シャン。それで、あの薬のデータをとりたいのだけれど、ちょっと協力してくれない？　どんな感じだったのかを教えてくれるだけでいいから」

「そういうのは、本人に聞いてください」

「え？　いいの？」

メメルは嬉しそうな声をあげた。

彼女のことだから、本当にグレイクに尋ねるだろう。

そしてグレイクのことだから、きっと真面目に答える。あの男はよくも悪くも真面目なのだ。

「やっぱり、ダメです。あの怪しい薬は、団長辺りにでも協力してもらってください」

「団長？　ダメよ。あの人が手を出したら、女性のほうが本気になっちゃうもの。だから、シャンとサニエル団長に協力してもらおうかと思ったのだけれど」

「い、や、で、す」

大きく口を開けて答えて、シャンテルは断った。

それから他愛もない話をして、シャンテルは自室へと戻る。

実はあれ以降、グレイクには会っていない。会う機会もなかったというのが一番の理由である。

お昼になり、隣の部屋のローガンを誘って食堂へと向かう。

「あのさあ。シャン。いつもボクと一緒にご飯食べてるけどさ。たまには、婚約者と一緒に食べなくていいわけ？」

「どうして？」

「いや、どうしてって。まあ、特に理由はないけど」

ローガンは頭のうしろで両手を組む。

「念のため確認するけどさ。シャンって本当に婚約したわけ？」

「あー。それね。私も本当にそうなってるのかどうか、疑わしいところではあるんだけれど。残念ながら、そうみたい」

「残念ながら、って……」

「それでね。ローのおばあちゃんにも報告したいな、と思ってるんだけど」

それはもちろん、グレイクと婚約したことを報告したいのだ。

「うん。いいんじゃないかな。シャンはさ、あの事件の功労者なんだし、少しくらい長い休暇を申請しても、団長は許してくれそうな気もするけど。でも、サニエル団長のほうが休めないか……」

きっとローガンの祖母は、シャンテルが結婚することを心から喜んでくれるだろう。相手があの町にとっての英雄であるグレイクであればなおさらだ。

「え、やっぱり。グレイク様も連れていかなきゃいけないのかな？　さっきね、同じことをメメルお姉さまに相談したら、連れていくんでしょって言われたから」

「え？　むしろ、一人で帰ろうとしていたわけ？」

「だって、休みとか合わないし」

ローガンは黙ってシャンテルを見下ろした。

食事を手にして席につく。

先ほど、メメルの部屋であれだけお菓子を食べていたにもかかわらず、シャンテルは昼食を普通に食べていた。

「ここ、空いてるか？」

昼食のトレイを持って、声をかけてきたのはガレットである。

シャンテルはローガンと並んで勢いよくご飯を食べているところだったので、返事はできない。

ローガンが「どうぞ」と言うと、ガレットは彼の向かい側に座った。そして、なぜか漏れなくついてくるグレイクがいた。

「君たちは、相変わらずだな」

トレイをテーブルの上に置き、椅子を引きながらガレットが言った。

パンを頬張っていたシャンテルは自分の向かい側に座ろうとするグレイクをじろっと睨んだ。

「先ほどまで、一緒に仕事をしていたんだ」

取り繕うようにそう言ったのもガレットである。

「左様ですか」

機械的に昼食をさっさと食べ終えたシャンテルは「ごゆっくりどうぞ」と男三人に声をかけて、すっと立ち上がった。

終章　ひと時の休息

「シャンテル。悪いがこれを陛下の元へ持っていってくれないか？」

「またですか？」

最近、ガレットから国王宛ての書類を頼まれることが多い。頼まれるたびに口から飛び出す言葉は『またですか』である。

「どうやら陛下は君のお茶をご所望らしい」

「左様ですか」

間違いなくシャンテルは不機嫌であった。それでも業務は淡々とこなす。


トントントントントン――

シャンテルは国王の執務室の扉を叩いた。

いつものように中から返事があったので「シャンテルです」と名乗って、入室する。

「書類をお持ちしました」

今日の国王は真面目に仕事をしていたらしい。執務席に座って、書類に目を通しながらサインをしている。

「そこに置いてくれ」

シャンテルは国王の指示に従い書類を置いた。

「お茶、お淹れしましょうか？」

「ああ、頼む」

事務官らしく事務的な手続きでお茶を淹れる。お茶はソファ席に準備してくれと国王から言われたため、そこにおいた。

「では、私はこれで失礼します」

「シャンテル。悪いがこれをグレイクの元へ持っていってくれないか？　できれば、すぐに確認して返事がほしいと伝えてくれ」

シャンテルは嫌そうな顔をした。

だが、国王に指摘されなかったのは、彼が書類から目を離せなかったためだ。

「承知、しました」

抑揚のない声で返事をし、書類を手にする。次はグレイクの執務室へと足を向ける。

扉を叩くと中から引き締まった返事があったため、シャンテルも名前を告げて事務官らしく入室した。

「こちら、陛下より預かってきた書類になります。急ぎ、返事がほしいとのことです」

「わかった、すぐに確認する」

グレイクが右手を伸ばしてきたので、急ぎの書類だけその手に乗せた。それ以外は机の上に置く。

シャンテルは、グレイクがその書類を確認する様をじっと見ていた。こうやって見ると、それなりに見える。真面目な顔をして、書類を確認して、そしてペンを走らせる。ほかの女性から黄色い声が浴びせられるのも、なんとなくわかるような気がした。

わかったところで、胸がチクっと痛んだ。

だけどシャンテルだけは知っている。

「どうか、したのか？」

恐らく、彼はシャンテルの鋭い視線を感じ取ったのだろう。急ぎ書類を確認し終えたグレイクは顔を上げた。

「いえ。まあ、こう見ますと。世の女性が騒ぎたくなる気持ちもわからなくないな、と思った次第です」

「妬いているのか？」

「いいえ、まったく」

先ほど感じた胸の痛みの件は、絶対に口にしない。

シャンテルは右手を差し出す。

「確認が終わりましたら、陛下の元へお持ちしますので。それ、ください」

グレイクは右手で持っていた書類を彼女の右手の上に乗せようとしたが、左の手でがっちりと彼女の手首を掴んだ。

「グレイク様？」

「君は、俺のことが嫌いなのか？」

シャンテルは、彼がなぜそのようなことを問うのかがわからなかった。

「いいえ。嫌いでしたら、婚約なんてしませんよね？」

「君は、俺が、その。ほかの女性と一緒にいたとしても、平気なのか？」

「はい」

はっきりと肯定した。胸は痛むが、それは仕方がないことだと思っているからだ。

「俺は、君がほかの男性と一緒にいるところを見ると、妬けてくる」

「私が一緒にいる男性って。ローガンとガレット団長のことでしょうか？　団長は保護者のようなものですし、ローガンも弟のような存在ですし。グレイク様とは、その……。立場も違うのですが」

グレイクの名前を口にした時だけ、彼女の口調が少し柔らかくなった。

「それに、グレイク様がほかの女性とお話をされていても、それは任務上必要なことであるとわかっておりますし。まあ、グレイク様に興味を持った女性が仮に近付いてきたとしても、きっとその人たちはグレイク様のほんの一握りの部分だけを見て近付いてきているわけでして。あんな情けなくてかっこ悪いグレイク様を見たら、幻滅するような女性ばかりと思われるため、妬くような要素はまったくございません」

　事実、グレイクは弱みをほかの人間に見せるようなことはしない。その例外が兄である国王とシャンテルであることを、彼女自身知っている。

　だからこそ、シャンテルは彼にとって特別な存在なのだ。

「これ以上、話が長引くようであれば、先にこの書類を陛下にお渡ししてきてもよろしいでしょうか。急ぎの案件と伺っておりますので」

「わかった。戻ってきたら、お茶を淹れてくれないだろうか。君の淹れるお茶はほかの人が淹れるお茶よりも美味しい」

「お褒めいただき、ありがとうございます」

　頭を下げてシャンテルは部屋を出た。

　急いで国王に書類を手渡すと、またグレイクの執務室へと戻る。

「失礼します」の言葉と共にふたたび入室し、それから丁寧にお茶を淹れた。

「こちらでよろしいですか」

　こちらとは、書類が置いてある執務席ではなく、ソファ席である。

「そちらに頼む」

　グレイクは机に両手をついて立ち上がった。

お茶は二つ準備してある。

グレイクがソファにドサッと腰をおろすと、その隣にちょこんとシャンテルが座る。

「それで。弱くてかっこ悪くてへたれなグレイク様は、私にどのようなご用件でしょうか？」

彼は驚いたようにシャンテルの顔を見たが、そのまま身体を彼女に預けてきた。

彼の身体を抱き寄せたシャンテルは、膝の上に彼の頭を乗せた。優しく頭を撫でる。

「本当に。グレイク様に憧れを抱いている世の女性が見たら、がっかりなさいますよ」

「このような姿は君にしか見せない」

くすりとシャンテルは笑う。やはりこの男が可愛らしい。

真面目だから、人に甘えるという行為が苦手なようだ。それでも彼女には甘えてくる。

「シャンテル。ほかの人がいる前では、俺に冷たいように見えるのだが、気のせいか？」

頭を撫でていた彼女の手が、ピタリと止まる。

「優しく、されたいのですか？」

「できれば。いつでも、どこでも」

それを聞いて、シャンテルは深く息を吐いた。

「そのような弱みをほかの人たちの前で見せたら、いいように扱われるに決まっているじゃないですか。ローガンと団長なんて、私が妊娠するのを今か今かと待っているんですよ。グレイク様とじゃれ合っているのを見せつけたら、その二人を喜ばせるだけです」

「そう、なのか？」

「あの人たちが興味あるのは私自身ではなく、私の遺伝子を継いでいるその子どもです。まして、そこにグレイク様の遺伝子が混ざれば、あの人たちはよだれを垂らして喜びます。だから——」

ふたたび優しくグレイクの頭を撫でる。

「私がグレイク様を甘やかしていることを知っているのは、グレイク様だけで充分なのです」

シャンテルは慈愛に満ちた瞳で、彼を見下ろす。

「シャンテル」

膝の上でグレイクが刺さるような視線で見上げてきた。

「責任を取ってほしい」

「なんの？」

「俺は、君がいないとダメになってしまった。こうやって、君に甘えないと、心が持たない」

「それって、私のせいですかね？」

「シャンテルが優しすぎて、俺を甘やかすのが悪い」

「では。甘やかすのをやめます。さっさと起きてください」

「それも困る。今は、こうやって君に頭を撫でてもらいたい。仕事に疲れた」

彼はワガママを言う子どものような表情を見せてくる。成人した男性がなにを言っているのか。

思わずシャンテルは笑みを零す。

「わかりました。では責任を取らせていただきますね」

シャンテルは彼の顔に自分の顔を近付けて、優しく唇を重ねた。それから、一言「好きですよ」と添える。

彼女はしばらくそうやってグレイクの頭を撫でていた。

「あ、グレイク様」

突然名前を呼ばれた彼は、身体をビクッと震わせた。もしかして眠っていたのだろうか。

「グレイク様と婚約したことを、ローガンのおばあちゃんにも報告したいのですが、よろしいでしょうか。私にとっての家族はローガンとローガンのおばあちゃんくらいで」

「ああ、そうだな」

グレイクはゆっくりと身体を起こすと冷めているお茶に手を伸ばし、それを二口ほど飲んだ。

「君のお茶は、冷めても美味しいな」

「できれば、温かいうちに飲んでほしかったのですが。淹れ直しますか？」

「では、お代わりをもらえるか？」

シャンテルは目を細めて微笑むと、新しいお茶を淹れる。

「あ、そうそう。ローガンのおばあちゃんのことなんですけど」

二人分のお茶をテーブルに置くと、シャンテルはグレイクの隣に座った。

「多分、驚くと思います。おばあちゃんは、私とローガンが結婚するものだと思っているので」

ぶほっとグレイクがお茶を噴き出した。

「あ、グレイク様。なにやってるんですか。火傷はしませんでしたか？」

こうやって誰かが噴き出した後始末をすることに、シャンテルは慣れてしまった。

「あ、ああ。すまない。やはり、君たち二人はそのような関係だったのか？」

「違いますよ」

シャンテルはハンカチでグレイクの口元を拭いた。

「以前にも言いましたが、ローガンは同士です。両親を失って、それぞれ強く生きていこうって約束した仲間です。だから私も一人で強く生きようと思っていました。だから、グレイク様には責任を取ってもらう必要はないと思っていたんですけどね」

そう思っていたが、変わってしまった。すべてはこの隣にいる男が悪いのだ。

シャンテルは目を伏せた。

グレイクはなにも言わず、シャンテルの言葉を待っている。

「グレイク様と出会ってから、私は弱くなってしまったようです。一人で生きていこうと思っていたのに、グレイク様と共に生きたいと思うようになりました。だから、グレイク様」

シャンテルは顔を上げ、じっと彼の空色の瞳を見つめた。

「責任を取ってもらえますか？」

Noche ノーチェ

甘く淫らな恋物語

ノーチェブックス

女嫌い副団長と秘密の恋!?

身代わり男装騎士ですが、副騎士団長様に甘く暴かれました

卯月ミント
イラスト：さばるどろ

双子の弟が、夢だった騎士団への入団直前に流行病に倒れた——知らせを聞いた令嬢ユベルティナは、ある妙案を思いつく。それは自分が弟に成り代わって騎士となり、彼の回復まで時間をかせぐこと!? 無事に騎士団へ入団したものの、彼女が命じられたのは美貌の副団長ロジェの専属。しかし彼は堅物かつ女嫌いで有名で……

詳しくは公式サイトにてご確認ください

https://www.noche-books.com/

携帯サイトはこちらから！

この作品に対する皆様のご意見・ご感想をお待ちしております。
おハガキ・お手紙は以下の宛先にお送りください。

【宛先】
〒150-6008 東京都渋谷区恵比寿 4-20-3 恵比寿ｶﾞｰﾃﾞﾝﾌﾟﾚｲｽﾀﾜｰ 8F
（株）アルファポリス　書籍感想係

メールフォームでのご意見・ご感想は右のＱＲコードから、
あるいは以下のワードで検索をかけてください。

アルファポリス　書籍の感想

ご感想はこちらから

本書は、「アルファポリス」（https://www.alphapolis.co.jp/）に掲載されていたものを、
改稿、加筆のうえ、書籍化したものです。

責任(せきにん)を取(と)らなくていいので溺愛(できあい)しないでください

澤谷 弥（さわたに わたる）

2023年 6月 25日初版発行

編集ー桐田千帆・森 順子
編集長ー倉持真理
発行者ー梶本雄介
発行所ー株式会社アルファポリス
〒150-6008 東京都渋谷区恵比寿4-20-3 恵比寿ｶﾞｰﾃﾞﾝﾌﾟﾚｲｽﾀﾜｰ8F
TEL 03-6277-1601（営業） 03-6277-1602（編集）
URL https://www.alphapolis.co.jp/
発売元ー株式会社星雲社（共同出版社・流通責任出版社）
〒112-0005 東京都文京区水道1-3-30
TEL 03-3868-3275
装丁・本文イラストーうすくち
装丁デザインー團 夢見（imagejack）
印刷ー中央精版印刷株式会社

価格はカバーに表示されてあります。
落丁乱丁の場合はアルファポリスまでご連絡ください。
送料は小社負担でお取り替えします。

ISBN978-4-434-32174-0 C0093